湘行散记

沈从文作品集 / 中国乡土文学的典范 沈从文小说代表作

沈从文 Shen Congwen / 著

民主与建设出版社

图书在版编目（CIP）数据

湘行散记/沈从文著. —北京：民主与建设出版社，2017.5
ISBN 978-7-5139-1391-1

Ⅰ.①湘… Ⅱ.①沈… Ⅲ.①散文集—中国—现代 Ⅳ.①I266

中国版本图书馆 CIP 数据核字（2017）第 029180 号

© 民主与建设出版社，2017

湘行散记
XIANGXING SANJI

出 版 人	许久文
总 策 划	立 人
责任编辑	刘树民
封面设计	张 珺
出版发行	民主与建设出版社有限责任公司
电　　话	（010）59417747　59419778
社　　址	北京市朝阳区阜通东大街融科望京中心 B 座 601 室
邮　　编	100102
印　　刷	大厂回族自治县正兴印务有限公司
版　　次	2017 年 5 月第 1 版　2017 年 5 月第 1 次印刷
开　　本	950mm×1300mm　1/16
印　　张	17 印张
字　　数	152 千字
书　　号	ISBN 978-7-5139-1391-1
定　　价	29.80 元

注：如有印、装质量问题，请与出版社联系。

目 录

湘行散记

一个戴水獭皮帽子的朋友 / 2

桃源与沅州 / 12

鸭窠围的夜 / 21

一九三四年一月十八 / 31

一个多情水手与一个多情妇人 / 40

辰河小船上的水手 / 54

箱子岩 / 65

五个军官与一个煤矿工人 / 73

老　伴 / 81

虎雏再遇记 / 90

一个爱惜鼻子的朋友 / 100

滕回生堂的今昔 / 112

废邮存底

小草与浮萍 / 122

一封未曾付邮的信 / 128

遥　夜 / 132

流　光 / 147

给低着头的葵 / 152

狂人书简 / 157

给师傅的信 / 161

给我将变老祥的大表哥 / 165

新废邮存底 / 169

海上通讯 / 185

云南看云

昆明冬景 / 192

云南看云 / 199

怀昆明 / 206

绿　魇 / 213

白　魇 / 243

黑　魇 / 253

湘行散记

一个戴水獭皮帽子的朋友

我由武陵（常德）过桃源时，坐在一辆新式黄色公共汽车上。车从很平坦的沿河大堤公路上奔驶而去，我身边还坐定了一个懂人情有趣味的老朋友，这老友正特意从武陵县伴我过桃源县。他也可以说是一个"渔人"，因为他的头上，戴的是一顶价值四十八元的水獭皮帽子，这顶帽子经过沿路地方时，却很能引起一些年轻娘儿们注意的。这老友是武陵地域中心春申君墓旁杰云旅馆的主人。常德、河洑、周溪、桃源，沿河近百里路以内"吃四方饭"①的标致娘儿们，他无一不特别熟悉；许多娘儿们也就特别熟悉他那顶水獭皮帽子。但照他自己说，使他迷路的那点年龄业已过去了，如今一切已满不在乎，白脸长眉毛的女孩子再不使他心跳，水獭皮帽子，也并不需要娘儿们眼睛放光了。他今年还只三十五岁。十年前，在这一带地方凡有他撒野机会时，他从不放过那点机会。现在既已规规矩矩做了一个大旅馆的大老

---

① "吃四方饭"：和尚道士到处化缘为生，也指一般人走到任何地方都能生活。

板，童心业已失去，就再也不胡闹了。当他二十五岁左右时，大约就有过一百个女人净白的胸膛被他亲近过。我坐在这样一个朋友的身边，想起国内无数中学生，在国文班上很认真地读陶靖节《桃花源记》情形，真觉得十分好笑。同这样一个朋友坐了汽车到桃源去，似乎太幽默了。

朋友还是个爱玩字画也爱说野话的人。从汽车眺望平堤远处，薄雾里错落有致的平田、房子、树木，全如敷了一层蓝灰，一切极爽心悦目。汽车在大堤上跑去，又极平稳舒服。朋友口中糅合了雅兴与俗趣，带点儿惊讶嚷道："这野杂种的景致，简直是画！"

"自然是画！可是是谁的画？"我说，"牯子①大哥，你以为是谁的画？"我意思正想考问一下，看看我那朋友对于中国画一方面的知识。

他笑了，"沈石田这狗养的，强盗一样好大胆的手笔！"说时还用手比画着，"这里一笔，那边一扫，再来磨磨蹭蹭，十来下，成了。"我自然不能同意这种赞美，因为朋友家中正收藏了一个沈周手卷，姓名真，画笔并不佳，出处是极可怀疑的。说句老实话，当前从窗口入目的一切，潇洒秀丽中带点雄浑苍莽气

---

① 牯子：即公牛。

概，还得另外找寻一句恰当的比拟，方能相称啊。我在沉默中的意见，似乎被他看明白了，他就说："看，牯子老弟你看，这点山头，这点树，那一片林梢，那一抹轻雾，真只有王麓台那野狗干的画得出。因为他自己活到八九十岁，就真像只老狗。"

这一下可被他"猜"中了。我说："这一下可被你说中了。我正以为目前远远近近风物极和王麓台卷子相近；你有他的扇面，一定看得出。因为它很巧妙地混合了秀气与沉郁，又典雅，又恬静，又不做作。不过有时笔不免脏脏的。"

"好，有的是你这文章魁首形容！人老了，不大肯洗脸洗手，怎么不脏……"接着他就使用了一大串野蛮字眼儿，把我喊作小公牛，且把他自己水獭皮帽子向上翻起的封耳，拉下来遮盖了那两只冻得通红的耳朵，于是大笑起来了。仿佛第一次所说的话，本不过是为了引起我对于窗外景致注意而说，如今见我业已注意，充满兴趣地看车窗外离奇景色，他便很快乐地笑了。

他掣着我的肩膊很猛烈地摇了两下，我明白那是他极高兴的表示。我说："牯子大哥，你怎么不学画呢？你一动手，就会弄得很高明的！"

"我讲，牯子老弟，别丢我吧。我也像是一个仇十洲，但是只会画妇人的肚皮，真像你说，'弄得很高明'的！你难道不知道我是个什么人吗？鼻子一抹灰，能冒充绣衣哥吗？"

"你是个妙人。绝顶的妙人。"

"绣衣哥,得了,什么庙人、寺人,谁来割我的××?我还预备割掉许多男人的××,省得他们装模作样,在妇人面前露脸!我讨厌他们那种样子!"

"你不讨厌的。"

"牯子老弟,有的是你这绣衣哥说的。不看你面上,我一定要……"

这个朋友言语行为皆粗中有细,且带点儿妩媚,真可算得是个妙人!

这个人脸上不疤不麻,身个儿比平常人略长一点,肩膊宽宽的,且有两只体面干净的大手,初初一看,可以知道他是个军队中吃粮子上饭跑四方人物,但也可以说他是一个准绅士,从五岁起就欢喜同人打架,为一点儿小事,不管对面的一个大过他多少,也一面辱骂一面挥拳打去。不是打得人鼻青脸肿,就是被人打得满脸血污。但人长大到二十岁后,虽在男子面前还常常挥拳比武,在女人面前,却变得异常温柔起来,样子显得很懂事怕事。到了三十岁,处世便更谦和了,生平书读得虽不多,却善于用书,在一种近于奇迹的情形中,这人无师自通,写信办公事时,笔下都很可观。为人性情又随和又不马虎,一切看人来,在他认为是好朋友的,掏出心子不算回事;可是遇着另外一种老想占他一点儿便宜的人呢，就完全不同了。——也就因此在一般人中他的毁誉是平分的；有人称他为豪杰，也有人叫他作坏蛋。但不妨事，把两种性格两个人格拼合拢来，这人才真是一个活鲜鲜的人！

十三年前我同他在一只装军服的船上，向沅水上游开去，船当天从常德开头，泊到周溪时，天气已快要夜了。那时空中正落着雪子，天气很冷，船顶船舷都结了冰。他为的是惦念到岸上一个长眉毛白脸庞小女人，便穿了崭新绛色缎子的猞猁皮马褂，从那为冰雪冻结了的大小木筏上慢慢地爬过去，一不小心便落了水。一面大声嚷"牯子老弟，这下我可完了"，一面还是笑着挣扎。待到努力从水中挣扎上船时，全身早已为冰冷的水弄湿了。但他换了一件新棉军服外套后，却依然很高兴地从木筏上爬拢岸边，到他心中惦念的那个女人身边睡觉去了。三年前，我因送一个朋友的孤雏转回湘西时，就在他旅馆中，看了他的藏画一整天。他告我，有幅文徵明的山水，好得很，终于被一个小姨子婆娘攫走，十分可惜。到后一问，才知道原来他把那画卖了三百块钱，为一个小娼妇点蜡烛挂了一次衣。现在我又让那个接客的把行李搬到这旅馆中来了。

见面时我喊他："牯子大哥，我又来了，不认识我了吧。"

他正站在旅馆天井中分派用人抹玻璃，自己却用手抹着那顶绒头极厚的水獭皮帽子，一见到我就赶过来用两只手同我握手，握得我手指酸痛，大声说道："咳，咳，你这个小骚牯子又来了，什么风吹来的？妙极了，使人正想死你！"

"什么话，近来心里闲得想到北京城老朋友头上来了吗？"

"什么画，壁上挂——当天赌咒，天知道，我正如何念你！"

这自然是一句真话，粮子上出身的人物，对好朋友说谎，原看成为一种罪恶。他想念我，只因为他新近花了四十块钱，买得一本倪元璐所摹写的武侯前后《出师表》。他既不知道这东西是从岳飞石刻《出师表》临来的，末尾那两颗巴掌大的朱红印记，把他更弄糊涂了。照外行人说来，字既然写得极其"飞舞"，四百也不觉得太贵，他可不明白那个东西应有的价值，又不明出处。花了那一笔钱，从一个川军退伍军官处把它弄到手，因此想着我来了。于是我们一面说点十年前的有趣野话，一面就到他的房中欣赏宝物去了。

这朋友年轻时，是个绿营中正标守兵名分的巡防军，派过中营衙门办事，在花园中栽花养金鱼。后来改做了军营里的庶务，又做过两次军需，又做过一次参谋。时间使一些英雄美人成尘成土，把一些傻瓜坏蛋变得又富又阔；同样的，到这样一个地方，我这个朋友，在一堆倏然而来悠然而逝的日子中，也就做了武陵县一家最清洁安静的旅馆主人，且同时成为爱好古玩字画的"风雅"人了。他既收买了数量可观的字画，还有好些铜器与瓷器，收藏的物件泥沙杂下，并不如何稀罕，但在那么一个小小地方，在他那种经济情形下，能力却可以说尽够人敬服了。若有什么风雅人由北方或由福建广东，想过桃源去看看，从武陵过身时，能泰然坦然把行李搬进他那个旅馆去。到了那个地方，看看过厅上的芦雁屏条，同长案上一切陈设，便会明白宾主之间实有同好，这一来，凡事皆好说了。

　　还有那向湘西上行过川黔考察方言歌谣的先生们，到武陵时最好就是到这个旅馆来下榻。我还不曾遇见过什么学者，比这个朋友更能明白中国格言谚语的用处。他说话全是活的，即便是诨话野话，也莫不各有出处，言之成章。而且妙趣百出，庄谐杂陈。他那言语比喻丰富处，真像是大河流水，永无穷尽。在那旅馆中住下，一面听他詈骂用人，一面使我就想起在北京城圈里编《国语大辞典》的诸先生，为一句话一个字的用处，把《水浒》《金瓶梅》《红楼梦》……以及其他所有元明清杂剧小说翻来翻去，剪破了多少书籍！若果他们能够来到这旅馆里，故意在天井中撒一泡尿，或装作无心的样子，把些瓜果皮壳脏东西从窗口照习惯随意抛出去，或索性当着这旅馆老板面前，做点不守规矩缺少理性的行为，好，等着你就听听那做老板的骂出稀奇古怪字眼儿，你会觉得原来这里还搁下了一本活生生的大辞典！倘若有个经济社会调查团,想从湘西弄到点材料,这旅馆也是最好下榻的处所。因为辰河沿岸码头的税收、烟价、妓女,以及桐油、朱砂的出处行价,各个码头上管事的头目姓名脾气,他知道得也似乎比别的县衙门里"包打听"还更清楚。——他事情懂得多哩,只要想想,人还只在二十五岁左右,就有一百个青年妇人在他面前裸露过胸膛同心子,从一个普通读书人看来,这是一种如何丰富吓人的经验!

只因我已十多年不再到这条河上,一切皆极生疏了,他便特别热心答应伴送我过桃源,为我租雇小船,照料一切。

十二点钟我们从武陵动身,一点半钟左右,汽车就到了桃源县停车站。我们下了车,预备去看船时,几件行李成为极麻烦的问题了。老朋友说,若把行李带去,到码头边叫小划子①时,那些吃水上饭的人,会"以逸待劳",把价钱放在一个高点上,使我们无法对付的。若把行李寄放到另外一个地方,空手去看船,我们便又"以逸待劳"了。我信任了老朋友的主张,照他的意思,一到桃源站后,我们就把行李送到一个卖酒曲的人家去。到了那酒曲铺子,拿烟的是个四十岁左右的中年胖妇人,他的干亲家。倒茶的是个十五六岁的白脸长身头发黑亮亮的女孩子,腰身小,

---

① 小划子:小船。

嘴唇小，眼目清明如两粒水晶球儿，见人只是转个不停。论辈数，说是干女儿呢。坐了一阵，两人方离开那人家洒着手下河边去。在河街上一个旧书铺，一幅无名氏的山水小景牵引了他的眼睛，二十块钱把画买定了。再到河边去看船，船上人知道我是那个大老板的熟人，价钱倒很容易说妥了。来回去让船总写保单，取行李，一切安排就绪，时间已快到半夜了。我那小船明天一早方能开头，我就邀他在船上住一夜。他却说酒曲铺子那个十五年前老伴的女儿，正炖了一只母鸡等着他去消夜。点了一段废缆子，很快乐地跳上岸摇着晃着匆匆走去了。

他上岸从一些吊脚楼柱下转入河街时，我还听到河街一哨兵喊口号，他大声答着"百姓"，表明他的身份。第二天天刚发白，我还没醒，小船就已向上游开动了。大约已经走了三里路，却听得岸上有个人喊我的名字，沿岸追来，原来是他从热被里脱出赶来送我的行的。船傍了岸。天落着雪，他站在船头一面抖去肩上雪片，一面质问弄船人，为什么船开得那么早。

我说："牯子大哥，你怎的，天气冷得很，大清早还赶来送我！"

他钻进舱里笑着轻轻地向我说："牯子老弟，我们看好了的那幅画，我不想买了。我昨晚上还看过更好的一本册页！"

"什么人画的？"

"当然仇十洲。我怕仇十洲那杂种也画不出。牯子老弟,好得很……"话不说完他就大笑起来。我明白他话中所指了。

"你又迷路了吗?你不是说自己年纪已老了吗?"

"到了桃源还不迷路吗?自己虽老别人可年轻。牯子老弟,你好好地上船吧,不要胡思乱想我的事情,回来时仍住到我的旅馆里,让我再照料你上车吧。"

"一路复兴,一路复兴。"那么嚷着,于是他同豹子一样,一纵又上了岸,船就开了。

作于一九三四年

桃源与沅州

全中国的读书人,大概从唐朝以来,命运中注定了应读一篇《桃花源记》,因此把桃源当成一个洞天福地。人人都知道那地方是武陵渔人发现的,有桃花夹岸,芳草鲜美。远客来到,乡下人就杀鸡温酒,表示欢迎。乡下人皆避秦隐居的遗民,不知有汉朝,更无论魏晋了。千余年来读书人对于桃源的印象,既不怎么改变,所以每当国体衰弱发生变乱时,想做遗民的必多,这文章也就增加了许多人的幻想,增加了许多人的酒量。至于住在那儿的人呢,却无人自以为是遗民或神仙,也从不会有人遇着遗民或神仙。

桃源洞离桃源县二十五里。从桃源县坐小船沿沅水上行,船到白马渡时,上南岸走去,忘路之远近乱走一阵,桃花源就在眼前了。那地方桃花虽不如何动人,竹林却很有意思。如椽如柱的大竹子,随处皆可发现前人用小刀刻画留下的诗歌。新派学生不甘自弃,也多刻下英文字母的题名。竹林里间或潜伏一二蓊径壮士,待机会霍地从路旁跃出,仿照《水浒传》上英雄好汉行为,向游客发个利市,使人来个措手不及,不免吃点小惊。事实上是偶尔出现的。桃源县城则与长江中部各小县城差不多,一入城门最触目的是推行印花税与某种公债的布告。城中有棺材铺官药铺,有茶馆酒馆,有米行脚行,有和尚道士,有经纪媒婆。庙宇祠堂多数为军队驻防,门外必有个武装同志站岗。土栈烟馆既照章纳税,就受当地军警保护。代表本地的出产,边街上有几十家玉器作坊,用珉石染红着绿,琢成酒杯笔架等物,货物品质平平常常,价钱却不轻贱。另外还有个名为"后江"的地方,住下无数公私不分的妓女,很认真经营她们的职业。有些人家在一个菜园平房里,有些却又住在空船上,地方虽脏一点倒富有诗意。这些妇女使用她们的下体,安慰军政各界,且征服了往还沅水流域的烟贩、木商、船主,以及种种因公出差过路人。挖空了每个顾客的钱包,维持许多人生活,促进地方的繁荣。一县之长照例是个读书人,从史籍上早知道这是人类一种最古的职业,没有郡县以前就有了它们,取缔既与"风俗"不合,且影响到若干人生活,因此就很正当地定下一些规章制度,向这些人来抽收一种捐税(并采取了个美丽名词叫作"花捐"),把这笔款项用来补充地方行政、保安,或城乡教育经费。

桃源既是个有名地方,每年自然就有许多"风雅人",心慕古桃源之名,二三月里携了《陶靖节集》与《诗韵集成》等参考资料和文房四宝,来到桃源县访幽探胜。这些人往桃源洞赋诗前后，必尚有机会过后江走走。由朋友或专家引导，这家那家坐坐，烧匣烟，喝杯茶。看中意某一个女人时，问问行市，花个三元五元，便在那万人用过的花板床上，压着那可怜妇人胸膛放荡一夜。于是纪游诗上多了几首无题艳遇诗，"巫峡神女""汉皋解珮""刘阮天台"等等典故，一律被引用到诗上去。看过了桃源洞，这人平常若是很谨慎的，自会觉得应当即早过医生处走走，于是匆匆地回家了。至于接待过这种外路"风雅人"的神女呢，前一夜也许陆续接待过了三个麻阳船水手，后一夜又得陪伴两个贵州省牛皮商人。这些妇人照例说不定还被一个散兵游勇，一个县公署执达吏，一个公安局书记，或一个当地小流氓，长时期包定占有，客来时那人往烟馆过夜，客去时再回到妇人身边来烧烟。

　　妓女的数目占城中人口比例数不小。因此仿佛有各种原因，她们的年龄都比其他大都市更无限制。有些人年在五十以上，还不甘自弃，同孙女辈行来参加这种生活斗争，每日轮流接待水手同军营中火夫。也有年纪不过十四五岁，乳臭尚未脱尽，便在那儿服侍客人过夜的。

　　她们的技艺是烧烧鸦片烟，唱点流行小曲，若来客是粮子上跑四方人物，还得唱唱军歌党歌，和时下电影明星的新歌，应酬应酬，增加兴趣。她们的收入有些一次可得洋钱二十三十，有些一整夜又只得一块八毛。这些人有病本不算一回事。实在病重了，不能做生意挣饭吃，间或就上街走到西药房去打针，六零六三零三扎那么几下，或请走方郎中配服药，朱砂茯苓乱吃一阵，只要支持得下去，总不会坐下来吃白饭。直到病倒了，毫无希望可言了，就叫毛伙用门板抬到那类住在空船中孤身过日子的老妇人身边去，尽她咽最后那一口气。死去时亲人呼天抢地哭一阵，罄所有请和尚安魂念经，再托人赊购副四合头棺木，或借"大加一"①买副薄薄板片，土里一埋也就完事了。

桃源地方已有公路，直达号称湘西咽喉的武陵（常德），每日都有八辆十辆新式载客汽车，按照一定时刻在公路上奔驰，距常德约九十里，车票价钱一元零。这公路从常德且直达湖南省会的长沙，汽车路程约四小时，车票价约六元。公路通车时，有人说这条公路在湘省经济上具有极大意义，意思是对于黔省出口特货运输可方便不少。这人似乎不知道特货过境每次必三百担五百担，公路上一天不过十几辆汽车来回，若非特货再加以精制，每天能运输特货多少？关于特货的精制，在各省严厉禁烟宣传中，平民谁还有胆量来做这种非法勾当。假若在桃源县某种铺子里，居然有人能够设法购买一点黄色粉末药物，作为谈天口气，随便问问，就会弄明白那货物的来源是有来头的。信不信由你，大股

---

① 大加一：一种高利贷。

东中大头脑有什么"龄"字辈、"子"字辈，还有沿江之督办、上海之闻人。且明白出产地并不是桃源县城，沿江上行六十里，有二十部机器日夜加工，运输出口时或用轮船直往汉口，却不需借公路汽车转运长沙。

真可称为桃源名产值得引人注意却照例不及注意的，是家鸡同鸡卵，街头巷尾无处不可以发现这种冠赤如火庞大庄严的生物，经常有重达一二十斤的。凡过路人初见这地方鸡卵，必以为鸭卵或鹅卵。其次，桃源有一种小划子，轻捷、稳当、干净，在沅河中可称首屈一指。一个外省旅行者，若想到湘西的永绥、乾城、凤凰研究湘边苗族的分布状况，或想到湘西往四川的酉阳、秀山调查桐油的生产，往贵州的铜仁调查朱砂水银的生产，往玉屏调查竹料种类，注意造箫制纸的手工业生产情况，皆可在桃源县魁星阁下边，雇妥那么一只小船，沿沅河溯流而上，直达目的地，到地时取行李上岸落店，毫无何等困难。

一只桃源小划子上只能装载一二客人。照例要个舵手，管理后梢，调动船只左右。张挂风帆，松紧帆索，捕捉河面山谷中的微风。放缆拉船，量度河面宽窄与河流水势，伸缩竹缆。另外还要个拦头工人，上滩下滩时看水认容口，出事前提醒舵手躲避石头、恶浪与袄流，出事后点篙子需要准确、稳重。这种人还要有胆量，有气力，有经验。张帆落帆都得很敏捷地即时拉桅下绳索。走风船行如箭时，便蹲坐在船头上叫喝呼啸，嘲笑同行落后的船只。自己船只落后被人嘲笑时，还要回骂；人家唱歌也得用歌声作答。两船相碰说理时，不让别人占便宜。动手打架时，先把篙子抽出拿在手上。船只逼入急流乱石中，不问冬夏，都得敏捷而勇敢地脱光衣裤，向急流中跳去，在水里尽肩背之力使船只离开险境。掌舵的因事故不能尽职，就从船顶爬过船尾去，做个临时舵手。船上若有小水手，还应事事照料小水手，指点小水手。更有一份不可推却的职务，便是在一切过失上，应与掌舵的各据小船一头，相互辱宗骂祖，继续使船前进。小船除此两人以外，尚需要个小水手居于杂务地位，淘米、烧饭、切菜、洗碗，无事不做。行船时应荡桨就帮同荡桨，应点篙就帮同持篙。这种小水手大都在学习期间，应处处留心，取得经验同本领。除了学习看水、看风、记石头、使用篙桨以外，也学习挨打挨骂。尽各种古怪稀奇字眼儿成天在耳边反复响着，好好地保留在记忆里，将来长大时再用它来辱骂旁人。上行无风吹，一个人还负了纤板，曳着一段竹缆，在荒凉河岸小路上拉船前进。小船停泊码头边时，又得规规矩矩守船。关于他们经济情势，舵手多为船家长年雇工，平均算来合八分到一角钱一天。拦头工有长年雇定的，人若年富力强多经验，待遇同掌舵的差不多。若只是短期包来回，上行平均每天可得一毛或一毛五分钱，下行则尽义务吃白饭而已。至于小水手，学习期限看年龄同本事来，有些人每天可得两分钱做零用，有些人在船上三年五载吃白饭。上滩时一个不小心，闪不知被自己手中竹篙弹入乱石激流中，泅水技术又不在行，在水中淹死了，船主方面写得有字据，生死家长不能过问。掌舵的把死者剩余的一点衣服交给亲长说明白落水情形后，烧几百钱纸，手续便清楚了。

一只桃源划子，有了这样三个水手，再加上一个需要赶路，有耐心，不嫌孤独，能花个二十三十的乘客，这船便在一条清明透澈的沅水上下游移动起来了。在这条河里在这种小船上做乘客，最先见于记载的一人，应当是那疯疯癫癫的楚逐臣屈原。在他自己的文章里，他就说道："朝发枉渚兮，夕宿辰阳。"若果他那文章还值得称引，我们尚可以就"沅有芷兮澧有兰"与"乘舲上沅"这些话，估想他当年或许就坐了这种小船，溯流而上，到过出产香草香花的沅州。沅州上游不远有个白燕溪，小溪谷里生长芷草，到如今还随处可见。这种兰科植物生根在悬崖罅隙间，或蔓延到松树枝丫上，长叶飘拂，花朵下垂成一长串，风致楚楚。花叶形体较建兰柔和，香味较建兰淡远。游白燕溪的可坐小船去，船上人若伸手可及，多随意伸手摘花，顷刻就成一束。若崖石过高，还可以用竹篙将花打下，尽它堕入清溪洄流里，再用手去溪里把花捞起。除了兰芷以外，还有不少香草香花，在溪边崖下繁殖。那种黛色无际的崖石，那种一丛丛幽香炫目的奇葩，那种小小回旋的溪流，合成一个如何不可言说迷人心目的圣境！若没有这种地方，屈原便再疯一点，据我想来他文章未必就能写得那么美丽。

什么人看了我这个记载，若神往于香草香花的沅州，居然从桃源包了小船，过沅州去，希望实地研究解决《楚辞》上几个草木问题。到了沅州南门城边，也许无意中会一眼瞥见城门上有一片触目黑色。因好奇想明白它，一时可无从向谁去询问。他所见到的只是一片新的血迹，并非什么古迹。大约在清党前后，有个晃州姓唐的青年，北京农科大学毕业生，在沅州晃州两县，用党务特派员资格，率领了两万以上四乡农民和一些青年学生，肩持各种农具，上城请愿。守城兵先已得到长官命令，不许请愿群众进城。于是双方自然而然发生了冲突。一面是旗帜、木棒、呼喊与愤怒，一面是居高临下，一尊机关枪同十支步枪。街道既那么窄，结果站在最前线上的特派员同四十多个青年学生与农民，便全在城门边牺牲了。其余农民一看情形不对，抛下农具四散跑了。那个特派员的身体，于是被兵士用刺刀钉在城门木板上示众三天，三天过后，便连同其他牺牲者，一齐抛入屈原所称赞的清流里喂鱼吃了。几年来本地人在内战反复中被派捐拉夫，应付差役中把日子混过去，大致把这件事也慢慢地忘掉了。

桃源小船载到沅州府，舵手把客人行李扛上岸，讨得酒钱回船时，这些水手必乘兴过南门外皮匠街走走。那地方同桃源的后江差不多，住下不少经营最古职业的人物，地方既非商埠，价钱可公道一些。花五角钱关一次门，上船时还可以得一包黄油油的上净丝烟，那是十年前的规矩。照目前百物昂贵情形想来，一切当然已不同了，出钱的花费也许得多一点，收钱的待客也许早已改用"美丽牌"代替"上净丝"了。

或有人在皮匠街蓦然间遇见水手，对水手发问："弄船的，'肥水不落外人田'，家里有的你让别人用，用别人的你还得花钱，这上算吗？"

那水手一定会拍着腰间麂皮抱兜，笑眯眯地回答说："大爷，'羊毛出在羊身上'，这钱不是我桃源人的钱，上算的。"

他回答的只是后半截，前半截却不必提。本人正在沅州，离桃源远过六七百里，桃源那一个他管不着。

便因为这点哲学，水手们的生活，比起"风雅人"来似乎也洒脱多了。若说话不犯忌讳，无人疑心我"袒护无产阶级"，我还想说，他们的行为，比起那些读了些"子曰"，带了五百家香艳诗去桃源寻幽访胜，过后江讨经验的"风雅人"来，也实在还道德得多。

一九三五年三月，北平大城中

鸭窠围的夜

　　天快黄昏时落了一阵雪子,不久就停了。天气真冷,在寒气中一切都仿佛结了冰。便是空气,也像快要冻结的样子。我包定的那一只小船,在天空大把撒着雪子时已泊了岸。从桃源县沿河而上这已是第五个夜晚。看情形晚上还会有风有雪,故船泊岸边时便从各处挑选好地方。沿岸除了某一处有片沙岨宜于泊船以外,其余地方全是黛色如屋的大岩石。石头既然那么大,船又那么小,我们都希望寻觅得到一个能做小船风雪屏障,同时要上岸又还方便的处所。凡是可以泊船的地方早已被当地渔船占去了。小船上的水手,把船上下各处撑去,钢钻头敲打着沿岸大石头,发出好听的声音,结果这只小船,还是不能不同许多大小船只一样,在正当泊船处插了篙子,把当作锚头用的石碇抛到沙上去,尽那行将来到的风雪,摊派到这只船上。

　　这地方是个长潭的转折处,两岸是高大壁立千丈的山,山头上长着小小竹子,长年翠色逼人。这时节两山只剩余一抹深黑,赖天空微明为画出一个轮廓。但在黄昏里看来如一种奇迹的,却是两岸高处去水已三十丈上下的吊脚楼。这些房子莫不俨然悬挂在半空中，借着黄昏的余光，还可以把这些稀奇的楼房形体看得出个大略。这些房子同沿河一切房子有个共通相似处，便是从结构上说来，处处显出对于木材的浪费。房屋既在半山上，不用那么多木料，便不能成为房子吗？半山上也用吊脚楼①形式，这形式是必需的吗？然而这条河水的大宗出口是木料，木材比石块还不值价。因此，即或是河水永远涨不到处，吊脚楼房子依然存在，似乎也不应当有何惹眼惊奇了。但沿河因为有了这些楼房，长年与流水斗争的水手，寄身船中枯闷成疾的旅行者，以及其他过路人，却有了落脚处了。这些人的疲劳与寂寞是从这些房子中可以一律解除的。地方既好看，也好玩。

河面大小船只泊定后，莫不点了小小的油灯，拉了篷。各个船上皆在后舱烧了火，用铁鼎罐煮饭，饭焖熟后，又换锅子熬油，哗地把菜蔬倒进热锅里去。一切齐全了，各人蹲在舱板上三碗五碗把腹中填满后，天已夜了。水手们怕冷怕动的，收拾碗盏后，就莫不在舱板上摊开了被盖，把身体钻进那个预先卷成一筒又冷又湿的硬棉被里去休息。至于那些想喝一杯的，发了烟瘾得靠靠灯，船上烟灰又翻尽了的，或一无所为，只是不甘寂寞，好

---

① 吊脚楼：也叫"吊楼"，为苗族、壮族、布依族、侗族、水族、土家族等族传统民居。

事好玩想到岸上去烤烤火谈谈天的，便莫不提了桅灯，或燃一段废缆子，摇晃着从船头跳上了岸，从一堆石头间的小路径，爬到半山上吊脚楼房子那边去，找寻自己的熟人，找寻自己的熟地。陌生人自然也有来到这条河中来到这种吊脚楼房子里的时节，但一到地，在火堆旁小板凳上一坐，便是陌生人，即刻也就可以称为熟人乡亲了。

这河边两岸除了停泊有上下行的大小船只三十左右以外，还有无数在日前趁融雪涨水放下形体大小不一的木筏。较小的木筏，上面供给人住宿过夜的棚子也不见，一到了码头，便各自上岸找住处去了。大一些的木筏呢，则有房屋，有船只，有小小菜园与养猪养鸡栅栏，还有女眷和小孩子。

黑夜占领了全个河面时，还可以看到木筏上的火光，吊脚楼窗口的灯光，以及上岸下船在河岸大石间飘忽动人的火炬红光。这时节岸上船上都有人说话，吊脚楼上且有妇人在暗淡灯光下唱小曲的声音，每次唱完一支小曲时，就有人笑嚷。什么人家吊脚楼下有匹小羊叫，固执而且柔和的声音，使人听来觉得忧郁。我心中想着：这一定是从别一处牵来的，另外一个地方，那小畜生的母亲，一定也那么固执地鸣着吧。算算日子，再过十一天便过年了。小畜生明不明白只能在这个世界上活过十天八天？明白也罢，不明白也罢，这小畜生是为了过年而赶来，应在这个地方死去的。此后固执而又柔和的声音，将在我耳边永远不会消失。我觉得忧郁起来了。我仿佛触着了这世界上一点东西，看明白了这世界上一点东西，心里软和得很。

但我不能这样子打发这个长夜。我把我的想象，追随了一个唱曲时清中夹沙的妇女声音到她的身边去了。于是仿佛看到了一个床铺，下面是草荐，上面摊了一床用旧帆布或别的旧货做成脏而又硬的棉被，搁在床正中被单上面的是一个长方木托盘，盘中有一把小茶盏，一个小烟匣，一支烟枪，一块小石头，一盏灯。盘边躺着一个人在烧烟。唱曲子的妇人，或是袖了手捏着自己的膀子站在吃烟者的面前，或是靠在男子对面的床头，为客人烧烟。房子分两进，前面临街，地是土地，后面临河，便是所谓吊脚楼了。这些人房子窗口既一面临河，可以凭了窗口呼喊河下船中人，当船上人过了瘾，胡闹已够，下船时，或者尚有些事情嘱托，或有其他原因，一个晃着火炬停顿在大石间，一个便凭立在窗口，"大佬你记着，船下行时又来。""好，我来的，我记着的。""你见了顺顺就说：会呢，完了；孩子大牛呢，脚膝骨好了，细粉带三斤，冰糖或片糖带三斤。""记得到，记得到，大娘你放心，我见了顺顺大爷就说：'会呢，完了。大牛呢，好了。细粉来三斤，冰糖来三斤。'""杨氏，杨氏，一共四吊七，莫错账！""是的，放心呵，你说四吊七就四吊七，年三十夜莫会要你多的！你自己记着就是了！"这样那样地说着，我一一都可听到，而且一面还可以听着在黑暗中某一处咩咩的羊鸣。我明白这些回船的人是上岸吃过"荤烟"了的。

我还估计得出，这些人不吃"荤烟"，上岸时只去烤烤火的，到了那些屋子里时，便多数只在临街那一面铺子里。这时节天气太冷，大门必已上好了，屋里一隅或点了小小油灯，屋中土地上必就地掘了个浅凹火炉膛，烧了些树根柴块。火光煜煜，且时时刻刻爆炸着一种难于形容的声音。火旁矮板凳上坐有船上人，木筏上人，有对河住家的熟人。且有虽为天所厌弃还不自弃年过七十的老妇人，闭着眼睛蜷成一团蹲在火边，悄悄地从大袖筒里取出一片薯干或一枚红枣，塞到嘴里去咀嚼。有穿着肮脏身体瘦弱的孩子，手擦着眼睛傍着火旁的母亲打盹。屋主人有位退伍的老军人，有翻船背运的老水手，有单身寡妇。借着火光灯光，可以看得出这屋中的大略情形，三堵木板壁上，一面必有个供奉祖宗的神龛，神龛下空处或另一面，必贴了一些大小不一的红白名片。这些名片倘若有那些好事者加以注意，用小油灯照着，去仔细检查检查，便可以发现许多动人的名衔。军队上的连副、上士、一等兵，商号中的管事，当地的团总、保正、催租吏，以及照例姓滕的船主，洪江的木簰商人，与其他各行各业人物，无所不有。这是近一二十年来经过此地若干人中一小部分的题名录。这些人各用一种不同的生活,来到这个地方,且同样地来到这些屋子里,坐在火边或靠近床上,逗留过若干时间。这些人离开了此地后,在另一世界里还是继续活下去,但除了同自己的生活圈子中人发生关系以外,与一同在这个世界上其他的人,却仿佛便毫无关系可言了。他们如今也许早已死掉了;水淹死的,枪打死的,被外妻用砒霜谋杀的,然而这些名片却依然将好好地保留下去。也许有些人已成了富人名人,成了当地的小军阀,这些名片却仍然写着催租人、上士等等的衔头。……除了这些名片,那屋子里是不是还有比它更引人注意的东西呢?锯子、小捞兜、香烟大画片、装干栗子的口袋……

提起这些问题时使人心中很激动。我到船头上去眺望了一阵。河面静静的,木筏上火光小了,船上的灯光已很少了,远近一切只能借着水面微光看出个大略情形。另外一处的吊脚楼上,又有了妇人唱小曲的声音,灯光摇摇不定,且有猜拳声音。我估计那些灯光同声音所在处,不是木筏上的簰头在取乐,就是水手们小商人在喝酒。妇人手指上说不定还戴了水手特别为从常德府捎带来的镀金戒指,一面唱曲一面把那只手理着鬓角,多动人的一幅图画!我认识他们的哀乐,这一切我也有份。看他们在那里把每个日子打发下去,也是眼泪也是笑,离我虽那么远,同时又与我那么相近。这正同读一篇描写西伯利亚的农人生活动人作品一样,使人掩卷引起无言的哀戚。我如今只用想象去领味这些人生活的表面姿态,却用过去一份经验,接触着了这种人的灵魂。

羊还固执地鸣着。远处不知什么地方有锣鼓声音,那一定是某个人家禳土酬神还愿巫师的锣鼓。声音所在处必有火燎与九品蜡①,照耀争辉。炫目火光下必有头包红布的老巫独立作旋风舞,门上架上有黄钱,平地有装满了谷米的平斗。有新宰的猪羊伏在木架上,头上插着小小五色纸旗。有行将为巫师用口把头咬下的活公鸡,缚了双脚与翼翅,在土坛边无可奈何地躺卧。主人锅灶边则热了满锅猪血稀粥,灶中正火光熊熊。

邻近一只大船上,水手们已静静地睡下了,只剩余一个人吸着烟,且时时刻刻把烟管敲着船舷。也像听着吊脚楼的声音,为那点声音所激动,引起种种联想。忽然按捺自己不住了,只听到他轻轻地骂着野话,擦了支自来火,点上一段废缆,跳上岸往吊脚楼那里去了。他在岸上大石间走动时,火光便从船篷空处漏进我的船中。也是同样的情形吧,在一只装载棉军服向上行驶的船上,泊到同样的岸边,躺在成束成捆的军服上面,夜既太长,水手们爱玩牌的各蹲坐在舱板上小油灯光下玩天九,睡既不成,便胡乱穿了两套棉军服,空手上岸,借着石块间还未融尽残雪返

---

① 九品蜡:祭神用蜡烛,九品即九支。同时按一定方式组合排列,或一字式,或品字式等。

照的微光，一直向高岸上有灯光处走去。到了街上，除了从人家门罅里露出的灯光成一条长线横卧着，此外一无所有。在计算中以为应可见到的小摊上成堆的花生，用"哈德门"长烟匣装着干瘪瘪的小橘子，切成小方块的片糖，以及在灯光下看守摊子把眉毛扯得极细的妇人（这些妇人无事可做时还会在灯光下做点针线的），如今什么也没有。既不敢冒昧闯进一个人家里面去，便只好又回转河边船上了。但上山时向灯光凝聚处走去，方向不会错误。下河时可糟了。糊糊涂涂在大石小石间走了许久，且大声喊着，才走近自己所坐的一只船。上船时，两脚全是泥，刚攀上船舷还不及脱鞋落舱，就有人在棉被中大喊："伙计哥子们，脱鞋呀！"把鞋脱了还不即睡，便镶到水手身旁去看牌，一直看到半夜。——十五年前自己的事，在这样地方温习起来，使人对于命运感到十分惊异。我懂得那个忽然独自跑上岸去的人，为什么上去的理由！

等了一会儿，邻船上那人还不回到他自己的船上来，我明白他所得的必比我多了一些。我想听听他回来时，是不是也像别的船上人，有一个妇人在吊脚楼窗口喊叫他。许多人都陆续回到船上了，这人却没有下船。我记起水手柏子。但是，同样是水上人，一个那么快乐地赶到岸上去，一个却是那么寂寞地跟着别人后面走上岸去，到了那些地方，情形不会同柏子一样，也是很显然的事了。

　　为了我想听听那个人上船时那点推篷声音,我打算着,在一切声音全已安静时,我仍然不能睡觉。我等待那点声音,大约到午夜十二点,水面上却起了另外一种声音。仿佛鼓声,也仿佛汽油船马达转动声,声音慢慢地近了,可是慢慢地又远了。像是一个有魔力的歌唱,单纯到不可比方,也便是那种固执的单调,以及单调的延长,使一个身临其境的人,想用一组文字去捕捉那点声音,以及捕捉在那长潭深夜一个人为那声音所迷惑时节的心情,实近于一种徒劳无功的努力。那点声音使我不得不再从那个业已用被单塞好空罅的舱门,到船头去搜索它的来源。河面一片红光,古怪声音也就从红光一面掠水而来。原来日里隐藏在大岩下的一些小渔船,在半夜前早已静悄悄地下了拦江网。到了半夜,把一个从船头伸在水面的铁兜,盛上燃着熊熊烈火的油柴,一面用木棒槌有节奏地敲着船舷各处漂去。身在水中见了火光而来与受了柝声吃惊四窜的鱼类,便在这种情形中触了网,成为渔人的俘虏。

　　一切光,一切声音,到这时节已为黑夜所抚慰而安静了,只有水面上那一分红火与那一派声音。那种声音与光明,正为着水中的鱼和水面的渔人生存的搏战,已在这河面上存在了若干年,且将在接连而来的每个夜晚依然继续存在。我弄明白了,回到舱中以后，依然默听着那个单调的声音。我所看到的仿佛是一种原始人与自然战争的情景。那声音，那火光，都近于原始人类的战争，把我带回到四五千年那个"过去"时间里去。

不知在什么时候开始落了很大的雪，听船上人细语着，我心想，第二天我一定可以看到邻船上那个人上船时节，在岸边雪地上留下那一行足迹。那寂寞的足迹，事实上我却不曾见到，因为第二天到我醒来时，小船已离开那个泊船处很远了。

作于一九三四年

一九三四年一月十八

我仿佛被一个极熟的人喊了又喊,人清醒后那个声音还在耳朵边。原来我的小船已开行了许久,这时节正在一个长潭中顺风滑行,河水从船舷轻轻擦过,把我弄醒了。

我的小船今天应当停泊到一个大码头,想起这件事,我就有点儿慌张起来了。小船应停泊的地方,照史籍上所说,出丹砂,出辰州符,事实上却只出胖人,出肥猪,出鞭炮,出雨伞。一条长长的河街,在那里可以见到无数水手柏子与无数柏子的情妇。长街尽头飘扬着用红黑二色写上扁方体字税关的幡信,税关前停泊了无数上下行验关的船只。长街尽头油坊围墙如城垣,长年有油可打,打油匠摇荡悬空油槌,訇地向前抛去时,莫不伴以摇曳长歌,由日到夜,不知休止。河中长年有大木筏停泊,每一木筏浮江而下时,同时四方角隅至少有三十个人举桡激水。沿河吊脚楼下泊定了大而明黄的船只,船尾高张,长到两丈左右,小船从下面过身时,仰头看去恰如一间大屋(那上面必用金漆写得有"福"字同"顺"字)。这个地方就是我一提及它时充满了感情的辰州。

小船去辰州还约三十里,两岸山头已较小,不再壁立拔峰,渐渐成为一堆堆黛色与浅绿相间的丘阜,山势既较和平,河水也温和多了。两岸人家渐渐越来越多,随处可以见到毛竹林。山头已无雪,虽尚不出太阳,气候干冷,天空倒明明朗朗。小船顺风张帆向上流走去时,似乎异常稳定。

但小船今天至少还得上三个滩与一个长长的急流。

大约九点钟时,小船到了第一个长滩脚下了,白浪从船旁跑过快如奔马,在惊心炫目情形中小船居然上了滩。小船上滩照例并不如何困难,大船可不同一点。滩头上就有四只大船斜卧在白浪中大石上,毫无出险的希望。其中一只货船,大致还是昨天才坏事的,只见许多水手在石滩上搭了棚子住下,且摊晒了许多被水浸湿的货物。正当我那只小船上完第一滩时,却见一只大船,正搁浅在滩头激流里。只见一个水手赤裸着全身向水中跳去,想在水中用肩背之力使船只活动,可是人一下水后,就即刻为激流带走了。在浪声哮吼里尚听到岸上人沿岸追喊着,水中那一个大约也回答着一些遗嘱之类,过一会儿,人便不见了。这个滩共有九段,这件事从船上人看来,可太平常了。

小船上第二段时,河流已随山势曲折,再不能张帆取风,我担心到这小小船只的安全问题,就向掌舵水手提议,增加一个临时纤手，钱由我出。得到了他的同意，一个老头子，牙齿已脱，白须满腮，却如古罗马战士那么健壮，光着手脚蹲在河边那个大青石上讲生意来了。两方面都大声嚷着而且辱骂着，一个要一千，一个却只出九百，相差那一百钱折合银洋约一分一厘。那方面既坚持非一千文不出卖这点气力，这一方面却以为小船根本不必多出这笔钱给一个老头子。我即或答应了不拘多少钱统由我出，船上三个水手，一面与那老头子对骂，一面把船开到急流里去了。但小船已开出后，老头子方不再坚持那一分钱，却赶忙从大石上一跃而下，自动把背后纤板上短绳，缚定了小船的竹缆，躬着腰向前走去了。待到小船业已完全上滩后，那老头就赶到船边来取钱，互相又是一阵辱骂。得了钱，坐在水边大石上一五一十数着。我问他自多少年纪，他说七十七。那样子，简直是一个托尔斯泰！眉毛那么长，鼻子那么大，胡子那么多，一切都同画像上的托尔斯泰相去不远。看他那数钱神气，人快到八十了，对于生存还那么努力执着，这人给我的印象真太深了。但这个人在他们弄船人看来，一个又老又狡猾的东西罢了。

小船上尽长滩后，到了一个小小水村边，有母鸡生蛋的声音，有隔河喊人的声音，两山不高而翠色迎人。许多等待修理的小船，一字排开斜卧在岸上，有人在一只船边敲敲打打，我知道他们正用麻头与桐油石灰嵌进船缝里去。一个木筏上面还搁了一只小船，在平潭中溜着，忽然村中有炮仗声音，有唢呐声音，且有锣声；原来村中人正接媳妇。锣声一起，修船的、放木筏的、划船的，无不停止了工作，向锣声起处望去。——多美丽的一幅图画，一首诗！但除了一个从城市中因事挤出的人觉得惊讶，难道还有谁看到这些光景矍然神往？

下午二时左右，我坐的那只小船，已经把辰河由桃源到沅陵一段路程主要滩水上完，到了一个平静长潭里。天气转晴，日头初出，两岸小山作浅绿色，山水秀雅明丽如西湖。船离辰州只差十里，过不久，船到了白塔下再上个小滩，转过山岨，就可以见到税关上飘扬的长幡①信了。

想起再过两点钟，小船泊到泥滩上后，我就会如同我小说写到的那个柏子一样，从跳板一端摇摇荡荡地上了岸，直向有吊脚楼人家的河街走去，再也不能蜷伏在船里了。

我坐到后舱口日光下，向着河流清算我对于这条河水这个地方的一切旧账。原来我离开这地方已十六年。十六年的日子实在过得太快了一点。想起从这堆日子中所有人事的变迁，我轻轻地叹息了好些次。这地方是我第二个故乡。我第一次离乡背井，随了那一群肩扛刀枪向外发展的武士为生存而战斗，就停顿到这

---

① 长幡：用竹竿等挑起来直着挂的长条形旗子。

个码头上。这地方每一条街每一处衙署,每一间商店,每一个城洞里做小生意的小担子,还如何在我睡梦里占据一个位置!这个河码头在十六年前教育我,给我明白了多少人事,帮助我做过多少幻想,如今却又轮到它来为我温习那个业已消逝的童年梦境来了。

望着汤汤的流水,我心中好像忽然彻悟了一点人生,同时又好像从这条河上,新得到了一点智慧。的的确确,这河水过去给我的是"知识",如今给我的却是"智慧"。山头一抹淡淡的午后阳光感动我,水底各色圆如棋子的石头也感动我。我心中似乎毫无渣滓,透明烛照,对万汇百物,对拉船人与小小船只,一切都那么爱着,十分温暖地爱着!我的感情早已融入这第二故乡一切光景声色里了。我仿佛很渺小很谦卑,对一切有生无生似乎都在伸手,且微笑地轻轻地说:"我来了,是的,我仍然同从前一样地来了。我们全是原来的样子,真令人高兴。你,充满了牛粪桐油气味的小小河街,虽稍稍不同了一点,我这张脸,大约也不同了一点。可是,很可喜的是我们还互相认识,只因为我们过去实在太熟悉了!"

看到日夜不断千古长流的河水里的石头和沙子,以及水面腐烂的草木、破碎的船板,使我触着了一个使人感觉惆怅的名词。我想起"历史"。一套用文字写成的历史,除了告给我们一些另一时代另一群人在这地面上相斫相杀的故事以外，我们决不会再多知道一些要知道的事情。但这条河流，却告给了我若干年来若干人类的哀乐！小小灰色的渔船，船舷船顶站满了黑色沉默的鱼鹰，向下游缓缓划去了。石滩上走着脊梁略弯的拉船人。这些东西于历史似乎毫无关系，百年前或百年后皆仿佛同目前一样。他们那么忠实庄严地生活，担负了自己那份命运，为自己，为儿女，继续在这世界中活下去。不问所过的是如何贫贱艰难的日子，却从不逃避为了求生而应有的一切努力。在他们生活爱憎得失里，也依然摊派了哭、笑、吃、喝。对于寒暑的来临，他们便更比其他世界上人感到四时交替的严肃。历史对于他们俨然毫无意义，然而提到他们这点千年不变无可记载的历史，却使人引起无言的哀戚。

我有点担心，地方一切虽没有什么变动。我或者变得太多了一点。

船到了税关前葰船旁泊定时，我想象那些税关办事人，因为见我是个陌生旅客，一定上船来盘问我、麻烦我。我于是便假定恰如数年前做的一篇文章上我那个样子，故意不大理会，希望引起那个公务人员的愤怒，直到把我带局里为止。我正想要那么一个人引路到局上去，好去见他们的局长！还很希望他们带到当地驻军旅部去，因为若果能够这样，就使我进衙门去找熟人时，省得许多琐碎的手续了。

可是验关的来了,一个宽脸大身材的青年苗人。见到他头上那个盘成一饼的青布包头,引动了我一点乡情。我上岸的计划不得不变更了。他还来不及开口我就说:"同年,你来查关!这是我坐的一只空船,你尽管看。我想问你,你局长姓什么!"

那苗人已上了小船在我面前站定,看看舱里一无所有,且听我喊他为"同年",从乡音中得到了点快乐,便用着小孩子似的口音问我:"你到哪里去,你从哪里来呀?"

"我从常德来——就到这地方。你不是梨林人吗?我是……我要会你局长!"

那关吏说:"我是凤凰县人!你问局长,我们局长姓陈!"

第一个碰到的原来就是自己的县亲,我觉得十分激动,赶忙请他进舱来坐坐。可是这个人看看我的衣服行李,大约以为我是个什么代表,一种身份的自觉,不敢进舱里来了。就告我若要找陈局长,可以把船泊到中南门去。一面说着一面且把手中的粉笔,在船篷上画了个旅行的记号,却回到大船上去:"你们走!"他挥手要水手开船,且告水手应当把船停到中南门,上岸方便。

船开上去一点,又到了一个复查处。仍然来了一个头裹青布帕的乡亲从舱口看看船中的我。我想这一次应当故意不理会这个公务人，使他生气方可到局里去。可是这个复查员看看我不作声的神气，一问水手，水手说了两句话，又挥挥手把我们放走了。

我心想：这不成，他们那么和气，把我想象安排的计划全给毁了。若到中南门起岸，水手在身后扛了行李，到城门边检查时，只须水手一句话，又无条件通过，很无意思。我多久不见到故乡的军队了，我得看看他们对于职务上的兴味与责任，过去和现在有什么不同处。我便变更了计划，要小船在东门下傍码头停停，我一个人先上岸去，上了岸后小船仍然开到中南门，等等我再派人来取行李。我于是上了岸，不一会儿就到河街上了。当我打从那河街上过身时，做炮仗的，卖油盐杂货的，收买发卖船上一切零件的，所有小铺子皆牵引了我的眼睛，因此我走得特别慢些。但到进城时却使我很失望，城门口并无一个兵。原来地方既不戒严，兵移到乡下去驻防，城市中已用不着守城兵了。长街路上虽有穿着整齐军服的年轻人，我却不便如何故意向他们生点事。看看一切皆如十六年前的样子，只是兵不同了一点。

我既从东门从从容容地进了城，不生问题，不能被带过旅部去，心想时间还早，不如到我弟弟哥哥共同在这地方新建筑的"芸庐"新家里看看，那新房子全在山上。到了那个外观十分体面的房子大门前，问问工人谁在监工，才知道我哥哥来此刚三天。这就太妙了，若不来此问问，我以为我家中人还依然全在凤凰县城里！我进了门一直向楼边走去时，还有使我更惊异而快乐的，是我第一个见着的人原来就正是五年来行踪不明的虎雏①。这人五年前在上海从我住处逃亡后，一直就无他的消息，我还以为他早已腐了烂了。他把我引导到我哥哥住的房中，告给我哥哥已出门，过三点钟方能回来。在这三点钟之内，他在我很惊讶的盘问之下，却告给了我他的全部历史。八岁时他就因为用石块砸死了人逃出家乡，做过玩龙头宝的助手，做过土匪，做过采茶人，当过兵。到上海发生了那件事情后，这六年中又是从一想象不到的生活里，转到我军官兄弟手边来做一名"副爷"。

见到哥哥时，我第一句话说的是"家中虎雏真是个了不起的人物"。我哥哥却回答得妙："了不起的人吗？这里比他了不起的人多着哪。"

到了晚上，我哥哥说的话，便被我所见到的五个青年军官证实了。

作于一九三四年

---

① 虎雏：作者的短篇小说《虎雏》之主人公。

一个多情水手与一个多情妇人

我的小表到了七点四十分时，天光还不很亮。停船地方两山过高，故住在河上的人，睡眠仿佛也就可以多些了。小船上水手昨晚上吃了我五斤河鱼，鱼虽吃过，大约还记得着那吃鱼的原因，不好意思再睡，这时节业已起身，卷了铺盖，在烧水扫雪了。两个水手一面工作一面用野话编成韵语骂着玩着，对于恶劣天气与那些昨晚上能晃着火炬到有吊脚楼人家去同宽脸大奶子妇人纠缠的水手，含着无可奈何的妒忌。

大木筏都得天明时漂滩，正预备开头，寄宿在岸上的人已陆续下了河，与宿在筏上的水手们，共同开始从各处移动木料，筏上有斧斤声与大摇槌嘭嘭的敲打木桩声音。许多在吊脚楼寄宿的人，从妇人热被里脱身，皆在河滩大石间踉跄走着，回归船上。妇人们恩情所结，也多和衣靠着窗边，与河下人遥遥传述那种种"后会有期各自珍重"的话语。很显然的事，便是这些人从昨夜那点露水恩情上，已经各在那里支付分上一把眼泪与一把埋怨。想到这些眼泪与埋怨，如何揉进这些人的生命中，成为生活之一部分时，使人心中柔和得很！

第一个大木筏开始移动时，在八点左右。木筏四隅数十支大桡，泼水而前，筏上且起了有节奏的"唉"声。接着又移动了第二个。……木筏上的桡手，各在微明中画出一个黑色的轮廓。木筏上某一处必扬着一片红红的火光，火堆旁必有人正蹲下用钢罐煮水。

我的小船到这时节一切业已安排就绪，也行将离岸，向长潭上游溯江而上了。

只听到河下小船邻近不远某一只船上，有个水手哑着嗓子喊人：

"牛保，牛保，不早了，开船了呀！"

许久没有回答，于是又听那个人喊道：

"牛保，牛保，你不来当真船开动了！"

再过一阵，催促的转而成为辱骂，不好听的话已上口了。

"牛保，牛保，狗×的，你个狗就见不得河街女人的×！"

吊脚楼上那一个，到此方仿佛初从好梦中惊醒，从热被里妇人手臂中逃出，光身爬到窗边来答着：

"宋宋，宋宋，你喊什么？天气还早咧。"

"早你的娘，人家木簰全开了，你玩了一夜还尽不够！"

"好兄弟，忙什么？今天到白鹿潭好好地喝一杯！天气早得很！"

"天气早得很，哼，早你的娘！"

"就算是早我的娘吧。"

最后一句话，不过是我的想象。因为河岸水面那一个，虽尚呦呦不已，楼上那一个却业已沉默了。大约这时节那个妇人还卧在床上，也开了口："牛保，牛保，你别理他，冷得很！"因此即刻又回到床上热被里去了。

只听到河边那个水手喃喃地骂着各种野话，且有意识把船上家伙撞磕得很响。我心想：这是个什么样子的人，我倒应该看看他。且很希望认识岸上那一个。我知道他们那只船也正预备上行，就告给我小船上水手，不忙开头，等等同那只船一块儿开。

不多久，许多木筏离岸了，许多下行船也拔了锚，推开篷，着手荡桨摇橹了。我卧在船舱中，就只听到水面人语声，以及橹桨激水声，与橹桨本身被扳动时咿咿呀呀声。河岸吊脚楼上妇人在晓气迷蒙中锐声地喊人，正如同音乐中的笙管一样，超越众声而上。河面杂声的综合，交织了庄严与流动，一切真是一个圣境。

我出到舱外去站了一会儿，天已亮了，雪已止了，河面寒气逼人。眼看这些船筏各载上白雪浮江而下，这里那里扬着红红的火焰同白烟，两岸高山则直矗而上，如对立巨魔，颜色淡白，无雪处皆作一片墨绿。奇景当前,有不可形容的瑰丽。

一会儿,河面安静了。只剩下几只小船同两片小木筏,还无开头意思。

河岸上有个蓝布短衣青年水手,正从半山高处人家下来,到一只小船上去。因为必须从我小船边过身,我把这人看得清清楚楚。大眼,宽脸,鼻子短,宽阔肩膊下挂着两只大手(手上还提了一个棕衣口袋,里面填得满满的),走路时肩背微微向前弯曲,看来处处皆证明这个人是一个能干得力的水手!我就冒昧地喊他,同他说话:"牛保,牛保!你玩得好!"

谁知那水手当真就是牛保。

那家伙回过头来看看是我叫他,就笑了。我们的小船好几天以来,皆一同停泊,一同启碇,我虽不认识他,他原来早就认识了我的。经我一问,他有点害羞起来了。他把那口袋举起带笑说道:"先生,冷呀!你不怕冷吗?我这里有核桃,你要不要吃核桃?"

我以为他想卖给我些核桃,不愿意扫他的兴,就说我要,等等我一定向他买些。

他刚走到他自己那只小船边,就快乐地唱起来了。忽然税关复查处比邻吊脚楼人家窗口,露出一个年轻妇人鬓发散乱的头颅,向河下人锐声叫将起来:"牛保,牛保,我同你说的话,你记着吗？"

年轻水手向吊脚楼一方把手挥动着。

"唉，唉，我记得到！……冷！你是怎么的啊！快上床去！"大约他知道妇人起身到窗边时，是还不穿衣服的。

妇人似乎因为一番好意不能使水手领会，有点不高兴的神气。

"我等你十天，你有良心，你就来——"说着，"砰"的一声把格子窗放下了。这时节眼睛一定已红了。

那一个还向吊脚楼喃喃说着什么，随即也上了船。我看看，那是一只深棕色的小货船。

我的小船行将开头时，那个青年水手牛保却跑来送了一包核桃。我以为他是拿来卖给我的，赶快取了一张值五角的票子递给他。这人见了钱只是笑。他把钱交还，把那包核桃从我手中抢了回去。

"先生，先生，你买我的核桃，我不卖！我不是做生意人。（他把手向吊脚楼指了一下，话说得轻了些）那婊子同我要好，她送我的。送了我那么多，还有栗子、干鱼。还说了许多痴话，等我回来过年咧……"

慷慨原是辰河水手一种通常的性格，既不要我的钱，皮箱上正搁了一包烟台苹果，我随手取了四个大苹果送给他，且问他：

"你回不回来过年?"

他只笑嘻嘻地把头点点,就带了那四个苹果飞奔而去。我要水手开了船。小船已开到长潭中心时,忽然又听到河边那个哑嗓子在喊嚷:"牛保,牛保,你是怎么的?我×你的妈,还不下河,我翻你的三代,还……"

一会儿,一切皆沉静了,就只听到我小船船头分水的声音。

听到水手的辱骂,我方明白那个快乐多情的水手,原来得了苹果后,并不即返船,仍然又到吊脚楼人家去了。他一定把苹果献给那个妇人,且告给妇人这苹果的来源,说来说去,到后自然又轮着来听妇人说的痴话,所以把下河的时间完全忘掉了。

小船已到了辰河多滩的一段路程,长潭尽后就是无数大滩小滩。河水半月来已落下六尺,雪后又照例无风,较小船只即或可以不从大漕上行,沿着河边浅水处走去也仍然十分费事。水太干了,天气又实在太冷了点。我伏在舱口看水手们一面骂野话,一面把长篙向急流乱石间掷去,心中却念及那个多情水手。船上滩时浪头俨然只想把船上人攫走。水流太急,故常常眼看业已到了滩头,过了最紧要处,但在抽篙换篙之际,忽然又会为急流冲下。河水又大又深,大浪头拍岸时常如一个小山,但它总使人觉得十分温和。河水可同一股火,太热情了一点,时时刻刻皆想把人攫走,且仿佛完全只凭自己意见做去。但古怪的是这些弄船人，他们逃避急流同漩水的方法十分巧妙。他们得靠水为生，明白水，比一般人更明白水的可怕处；但他们为了求生，却在每个日子里每一时间皆有向水中跳去的准备。小船一上滩时，就不能不向白浪里钻去，可是他们却又必有方法从白浪里找到出路。

在一个小滩上，因为河面太宽，小漕河水过浅，小船缆绳不够长不能拉纤，必须尽手足之力用篙撑上，我的小船一连上了五次皆被急流冲下。船头全是水。到后想把船从对河另一处大漕走去，漂流过河时，从白浪中钻出钻进，篷上也沾了水。在大漕中又上了两次，还花钱加了个临时水手，方把这只小船弄上滩。上过滩后问水手是什么滩，方知道这滩名"骂娘滩"（说野话的滩），即或是父子弄船，一面弄船也一面得互骂各种野话，方可以把船弄上滩口。

一整天小船尽是上滩，我一面欣赏那些从船舷驶过急于奔马的白浪，一面便用船上的小斧头，敲剥那个风流水手见赠的核桃吃。我估想这些硬壳果，说不定每一颗还都是那吊脚楼妇人亲手从树上摘下，用鞋底揉去一层苦皮，再一一加以选择，放到棕衣口袋里去的。望着那些棕色碎壳，那妇人说的"你有良心你就赶快来"一句话，也就尽在我耳边响着。那水手虽然这时节或许正在急水滩头趴伏到石头上拉船，或正脱了裤子涉水过溪，一定却记忆着吊脚楼妇人的一切，心中感觉十分温暖。每一个日子的过去，便使他与那妇人接近一点点。十天完了，过年了，那吊脚楼上，照例门楣上全贴了红喜钱，被捉的雄鸡啊呵呵呵地叫着，雄鸡宰杀后，把它向门角落抛去，只听到翅膀扑地的声音。锅中蒸了一笼糯米饭倒下，两人就开始在一个石臼里捣将起来。一切事皆两个人共力合作，一切工作中皆掺和有笑谑与善意的诅骂。于是当真过年了。又是叮咛与眼泪，在一分长长的日子里有所期待，留在船上另一个放声地辱骂催促着，方下了船，又是胡桃与栗子，干鲤鱼与……

到了午后，天气太冷，无从赶路。时间还只三点左右，我的小船便停泊了。停泊地方名为杨家岨。依然有吊脚楼，飞楼高阁悬在半山中，结构美丽悦目。小船傍在大石边，只须一跳就可以上岸。岸上吊脚楼前枯树边，正有两个妇人，穿了毛蓝布衣裳，不知商量些什么，幽幽地说着话。这里雪已极少，山头皆裸露作深棕色，远山则为深紫色。地方静得很，河边无一只船，无一个人，无一堆柴。不知河边哪一个大石后面，有人正在捶捣衣服，一下一下地捣。对河也有人说话，却看不清楚人在何处。

小船停泊到这些小地方，我真有点担心。船上那个壮年水手，是一个在军营中开过小差做过种种非凡事业的人物，成天在船上只唱着"过了一天又一天，心中好似滚油煎"，若误会了我箱中那些带回湘西送人的信笺信封，以为是值钱东西，在唱过了埋怨生活的戏文以后，转念头来玩个新花样，说不定我还来不及被询问"吃板刀面或吃馄饨"以前，就被他解决了。这些事我倒不怎么害怕，凡是蠢人做出的事我不知道什么叫吓怕的。只是有点儿担心。因为若果这个人做出了这种蠢事，我完了，他跑了，这地方可糟了。地方既属于我那些同乡军官大老管辖，就会把他们可忙坏了。

我盼望牛保那只小船赶来，也停泊到这个地方，一面可以不用担心，一面还可以同这个有人性的多情水手谈谈。

直等到黄昏，方来了一只邮船，靠着小船下了锚。过不久，邮船那一面有个年轻水手嚷着要支点钱上岸去吃"荤烟"，另一个管事的却不允许，两人便争吵起来了。只听到年轻的那一个呶呶絮语，声音神气简直同大清早上那个牛保一个样子。到后来，这个水手负气，似乎空着个荷包，也仍然上岸过吊脚楼人家去了。过了一会儿还不见他回船，我很想知道一下他到了那里做些什么事情，就要一个水手为我点上一段废缆，晃着那小小火把，引导我离了船，爬了一段小小山路，到了所谓河街。

五分钟后，我与这个穿绿衣的邮船水手，一同坐到一个人家正屋里火堆旁，默默地在烤火了。一个大油松树根株，正伴同一饼油渣，熊熊地燃着快乐的火焰。间或有人用脚或树枝拨了那么一下，便有好看的火星四散惊起。主人是一个中年妇人，另外还有两个老妇人,虽然向水手提出种种问题,且把关于下河的油价、木价、米价、盐价,一件一件来询问他,他却很散漫地回答,只低下头望着火堆。从那个颈项同肩膊,我认得这个人性格同灵魂,竟完全同早上那个牛保水手一样。我明白他沉默的理由,一定是船上管事的不给他钱,到岸上来赊烟不到手。他那闷闷不乐的神气,可以说是很妩媚。我心想请他一次客,又不便说出口。到后机会却来了。门开处进来了一个年事极轻的妇人,头上裹着大格子花布首巾,身穿绿色土布袄子,挂着一条蓝色围裙,胸前还绣了一朵小小白花。那年轻妇人把两只手插在围裙里,轻脚轻手进了屋,就站在中年妇人身后。说真话,这个女人真使我有点儿"惊讶"。我似乎在什么地方另一时节见着这样一个人,眼目鼻子皆仿佛十分熟悉。若不是当真在某一处见过,那就必定是在梦里了。公道一点说来,这妇人是个美丽得很的生物!

最先我以为这小妇人是无意中撞来玩玩,听听从下河来的客人谈谈下面事情,安慰安慰自己寂寞的。可是一瞬间,我却明白她是为另一件事而来的了。屋主人要她坐下,她却不肯坐下,只把一双放光的眼睛尽瞅着我,待到我抬起头去望她时,那眼睛却又赶快逃避了。她在一个水手面前一定没有这种羞怯,为这点羞怯我心中有点儿惆怅,引起了点儿怜悯。这怜悯一半给了这个小妇人，却留下一半给我自己。

那邮船水手眼睛为小妇人放了光，很快乐地说："夭夭，夭夭，你打扮得真像个观音！"

那女人抿嘴笑着不理会，表示这点阿谀并不稀罕，一会儿方轻轻地说："我问你，白师傅的大船到了桃源不到？"

邮船水手回答了，妇人又轻轻地问："杨金保的船？"

邮船水手又回答了，妇人又继续问着这个那个。我一面向火一面听他们说话，却在心中计算一件事情。小妇人虽同邮船水手谈到岁暮年末水面上的情形，但一颗心却一定在另外一件事情上驰骋。我几乎本能地就感到了这个小妇人是正在对我怀着一点痴想头的。不用惊奇，这不是稀奇事情。我们若稍懂人情，就会明白一张为都市所折磨而成的白脸，同一件称身软料细毛衣服，在一个小家碧玉心中所能引起的是一种如何幻想，对目前的事也便不用多提了。

对于身边这个小妇人，也正如先前一时对于身边那个邮船水手一样，我想不出用个什么方法，就可以使这个有了点儿野心与幻想的人，得到她所要得到的东西。其实我在两件事上皆不能再吝啬了，因为我对于他们皆十分同情。但试想想看，倘若这个小妇人所希望的是我本身，我这点同情，会不会引起五千里外另一个人的苦痛？我笑了。

……假若我给这水手一点钱,让这小妇人同他谈一个整夜?

我正那么计算着,且安排如何来给那个邮船水手的钱,使他不至于感觉难为情,忽然听那年轻妇人问道:"牛保那只船?"

那邮船水手吐了一口气:"牛保的船吗,我们一同上骂娘滩,溜了四次。末后船已上了滩,那拦头的伙计还同他在互骂,且不知为什么互相用篙子乱打乱抟起来,船又溜下滩去了。看那样子不是有一个人落水,就得两个人同时落水。"

有谁发问:"为什么?"

邮船水手感慨似的说:"还不是为那一张×!"

几人听着这件事,皆大笑不已。那年轻小妇人,却长长地吁了口气。

忽然河街上有个老年人嘶声地喊人:"夭夭小婊子,小婊子婆,卖×的,你是怎么的,夹着那两片小×,一眨眼又跑到哪里去了!你来!……"

小妇人听门外街口有人叫她,把小嘴收敛做出一个爱娇的姿势,带着不高兴的神气自言自语说:"叫骡子又叫了。夭夭小婊子偷人去了!投河吊颈去了!"咬着下唇很有情致地盯了我一眼,拉开门,放进了一阵寒风,人却冲出去,消失到黑暗中不见了。

那邮船水手望了望小妇人去处那扇大门,自言自语地说:

"小婊子偏偏嫁老烟鬼,天晓得!"

于是大家便来谈说刚才走去那个小妇人的一切。屋主中年妇人,告给我那小妇人年纪还只十九岁,却为一个年过五十的老兵所占有。老兵原是一个烟鬼,虽占有了她,只要谁有土有财就让床让位。至于小妇人呢,人太年轻了点,对于钱毫无用处,却似乎常常想得很远很远。屋主人且为我解释很远很远那句话的意思,给我证明了先前一时我所感觉到的一件事情的真实。原来这小妇人虽生在不能爱好的环境里,却天生有种爱好的性格。老烟鬼用名分缚着了她的身体,然而那颗心却无从拘束。一只船无意中在码头边停靠了,这只船又恰恰有那么一个年轻男子,一切派头都和水手不同,夭夭那颗心,将如何为这偶然而来的人跳跃!屋主人所说的话增加了我对于这个年轻妇人的关心。我还想多知道一点,请求她告给我,我居然又知道了些不应当写在纸上的事情。到后来,谈起命运,那屋主人沉默了,众人也沉默了。各人眼望着熊熊的柴火,心中玩味着"命运"两个字的意义,而且皆俨然有一点儿痛苦。

我呢,在沉默中体会到一点"人生"的苦味。我不能给那个小妇人什么,也再不做给那水手一点点钱的打算了,我觉得他们的欲望同悲哀都十分神圣,我不配用钱或别的方法渗进他们命运里去,扰乱他们生活上那一份应有的哀乐。

下船时，在河边我听到一个人唱《十想郎》小曲，曲调卑陋，声音却清圆悦耳。我知道那是由谁口中唱出且为谁唱的。我站在河边寒风中痴了许久。

作于一九三四年

辰河小船上的水手

我自从离开了那个水獭皮帽子的朋友以后，独自坐到这只小船上，已闷闷地过了十天。小船前后舱面既十分窄狭，三个水手白日皆各有所事：或者正在吵骂，或者是正在荡桨撑篙，使用手臂之力，使这只小船在结了冰的寒气中前进。有时两个年轻水手即或上岸拉船去了，船前船后又有湿淋淋的缆索牵牵绊绊。打量出去站站，也无时不显得碍手碍脚，很不方便。因此我就只有蜷伏在船舱里，静听水声与船上水手辱骂声，打发了每个日子。

照原定计划，这次旅行来回二十八天的路程，就应当安排二十二个日子到这只小船上。如半途中这小船发生了什么意外障碍，或者就多得四天五天。起先我尽记着水獭皮帽子的朋友"行船莫算，打架莫看"的格言，对于这只小船每日应走多少路，已走多少路，还需要走多少路，从不发言过问。他们说"应当开头了"，船就开了，他们说"这鬼天气不成，得歇憩烤火"，我自然又听他们歇憩烤火。天气也实在太冷了一点，篙上桨上莫不结了一层薄冰。我的衣袋中，虽还收藏了一张桃源县管理小划子的船总亲手所写"十日包到"的保单,但天气既那么坏,还好意思把这张保单拿出来向掌舵水手说话吗?

我口中虽不说什么,心里却计算到所剩余的日子,真有点儿着急。

可是三个水手中的一人,已看准了我的弱点,且在另外一件事情上,又看准了我另外一项弱点,想出了个两得其利的办法来了。那水手向我说道:"先生,你着急,是不是?不必为天气发愁。如今落的是雪子,不是刀子。我们弄船人,命里派定了划船,天上纵落刀子也得做事!"

我的座位正对着船尾,掌舵水手这时正分张两腿,两手握定舵把,一个人字形的姿势对我站定。想起昨天这只小船搁入石罅里,尽三人手足之力还无可奈何时,这人一面对天气咒骂各种野话,一面卸下了袴子向水中跳去的情形,我不由得微喟了一下。我说:"天气真坏!"

他见我眉毛聚着便笑了。"天气坏不碍事,只看你先生是不是要我们赶路,想赶快一些,我同伙计们有的是办法!"

我带了点埋怨神气说:"不赶路,谁愿意在这个日子里来在河上受活罪?你说有办法,告我看是什么办法!"

"天气冷,我们手脚也硬了。你请我们晚上喝点酒,活活血脉,这船就可以在水面上飞!"

我觉得这个提议很正当，便不追问先划船后喝酒，如何活动血脉的理由，即刻就答应了。我说："好得很，让我们的船飞去吧，欢喜吃什么买什么。"

于是这小船在三个划船人手上，当真俨然一直向辰河上游飞去。经过钓船时就喊买鱼，一拢码头时就用长柄大葫芦满满地装上一葫芦烧酒。沿河两岸连山皆深碧一色，山头常戴了点白雪，河水则清明如玉。在这样一条河水里旅行，望着水光山色，体会水手们在工作上与饮食上的勇敢处，使我在寂寞里不由得不常作微笑！

船停时，真静。一切声音皆为大雪以前的寒气凝结了。只有船底的水声，轻轻地轻轻地流过去——使人感觉到它的声音，几乎不是耳朵却只是想象。三个水手把晚饭吃过后，围在后舱钢灶边烤火烘衣。

时间还只五点二十五分，先前一时在长潭中摇橹唱歌的一只大货船，这时也赶到快要靠岸停泊了。只听到许多篙子钉在浅水石头上的声音，且有人大嚷大骂。他们并不是吵架，不过在那里"说话"罢了。这些人说话照例永远得使用个粗野字眼儿，也正同我们使用标点符号一样，倘若忘了加上去，意思也就很容易模糊不清楚了。这样粗野字眼儿的使用，即在父子兄弟间也少不了。可是这些粗人野人，在那吃酸菜臭牛肉说野话的口中，高兴唱起歌来时，所唱的又正是如何美丽动人的歌！

大船靠定岸边后，只听到有一个人在船上大声喊叫："金贵，金贵，上岸××去！"

那个名为金贵的水手，似乎正在那只货船舱里鱿鱼海带间，嘶着个嗓子回答说："你××去我不来。你娘×××正等着你！"

我那小船上三个默默地烤火烘衣的水手，听到这个对白，便一同笑将起来了。其中之一学着邻船人语气说："××去，×你娘的×。大白天像狗一样在滩上爬，晚上好快乐！"

另一个水手就说："七老，你要上岸去，你向先生借两角钱也可以上岸去！"

几个人把话继续说下去，便讨论到各个小码头上吃四方饭娘儿们的人材与逸事来了。说及其中一些野妇人悲喜的场面时，真使我十分感动。我再也不能孤独地在舱中坐下了，就爬到那个钢灶边去，同他们坐在一处去烤火。

我掺入那个团体时，询问那个年纪较大的水手："掌舵的，我十五块钱包你这只船，一次你可以捞多少？"

"我可以捞多少，先生！我不是这只船的主人，我是个每年二百四十吊钱雇定的舵手，算起来一个月我有两块三角钱，你看看这一次我捞多少！"

我说:"那么,大伙计,你拦头有多少?全船都亏得你,难道也是二百四十吊一年吗?"

那一个名为七老的说:"我弄船上行,两块六角钱一次,下行吃白饭!"

"那么,小伙计,你呢?我看你手脚还生疏得很!你昨天差点儿淹坏了,得多吃多喝,把骨头长结实一点点!"

小子听我批评到他的能力就只干笑。掌舵的代他说话:"先生要你多吃多喝,你不听到吗?这小子看他虽长得同一块发糕一样,其实就只能吃能喝,撇篙子拉纤全不在行!"

"多少钱一月?"我说,"一块钱一月,是不是?"

那个小水手自己笑着开了口:"多少钱一月?十个铜子一天。我还不满师,哪会给我关饷?——×他的娘。天气多坏!"

我在心中打了一下算盘,掌舵的八分钱一天,拦头的一角三分一天,小伙计一分二厘一天。在这个数目下,不问天气如何,这些人莫不皆得从天明起始到天黑为止,做他应分做的事情。遇应当下水时,便即刻跳下水中去。遇应当到滩石上爬行时,也毫不推辞即刻前去。在能用气力时,这些人就毫不吝惜气力打发了每个日子。人老了,或大六月发痧下痢,躺在空船里或太阳下死掉了,一生也就算完事了。这条河中至少有十万个这样过日子的人。想起了这件事情,我轻轻地吁了一口气。

"掌舵的，你在这条河里划了几年船？"

"我今年五十三，十六岁就到了船上。"

三十七年的经验，七百里路的河道，水涨水落河道的变迁，多少滩，多少潭，多少码头，多少石头——是的，凡是那些较大的知名的石头，这个人就无一不能够很清楚地举出它们的名称和故事！划了三十七年的船，还只是孤身一人，把经验与气力每天作八分钱出卖，来在这水上漂泊，这个古怪的人！

"拦头的大伙计，你呢？你划了几年船？"

"我照老法子算今年三十一岁，在船上五年，在军队里也五年。我是个逃兵，七月里才从贵州开小差回来的！"

这水手结实硬朗处，倒真配做一个兵。那份粗野爽朗处也很像个兵。掌舵的水手人老了，眼睛发花，已不能如年轻人那么手脚灵便，小水手年龄又太小了一点，一切事皆不在行，全船最重要的人物就是他。昨天小船上滩，小水手换篙较慢，被篙子弹入急流里去时，他却一手支持篙子，还能一手把那个小水手捞住，援助上船。上了船后那小子又惊又气，全身湿淋淋的，抱定桅子荷荷大哭。他一面笑骂着种种野话，一面却赶快脱了棉衣单裤给小水手替换。在这小船上他一个人脾气似乎特别大，但可爱处也就似乎特别多。

想起小水手掉到水中被援起以后的样子，以及那个年纪大一点的脱下了裤子给他掉换,光着个下身在空气里弄船的神气,我心中充满了不可言说的感情。我向小水手带笑说:"小伙计,你呢?"

那个拦头的水手就笑着说:"他吗?只会吃只会哭,做错了事骂两句,还会说点蠢话:'你欺侮我,我用刀子同你拼命!'拿你刀子来切我的××,老子还不见过刀子,怕你!"

小水手说:"老子哭你也管不着!"

拦头的水手说:"不管你你还会有命!落了水爬起来,有什么可哭?我不脱下衣来,先生不把你毯子,不冷死你!十五六岁了的人,命好早×出了孩子,动不动就哭,不害羞!"

正说着,邻船上有水手很快乐地用女人窄嗓子唱起曲子,晃着一个火把,上了岸,往半山吊脚楼胡闹去了。

我说:"大伙计,你是不是也想上岸去玩玩?要去就去,我这里有的是零钱。要几角钱?你太累了,我请客!"

掌舵的老水手听说我请客,赶忙在旁打边鼓儿说:"七老,你去,先生请客你就去,两吊钱先生出得起!"

他妩媚地咕咕笑着。我知道那是什么意思,就取了值四吊钱的五角钞票递给他,小水手笑乐着为他把做火炬的废绳燃好。于是推开了篷,这个人就被两个水手推上了岸,也摇晃着个火把,爬上高坎到吊脚楼取乐去了。

人走去后,掌舵的水手方把这个人的身世为我详细说出来。原来这个人的履历上,还有十一个月土匪的经验应当添注上去。这个人大白天一面弄船一面吼着说:"老子要死了,老子要做土匪去了。"种种独白的理由,我方完全明白了。

我心中以为这个人既到了河街吊脚楼,若不是同那些宽脸大奶子女人在床上去胡闹,必又坐到火炉边,夹杂在一群划船人中间向火,嚼花生或剥酸柚子吃。那河街照例有屠户,有油盐店,有烟馆,有小客店,还有许多妇人提起竹篾织就的圆烘笼烤手,一见到年轻水手就做眉做眼。还有妇女年纪大些的,鼻梁根扯得通红,太阳穴贴上了膏药,做丑事毫不以为可羞。看中了某一个结实年轻的水手时,只要那水手不讨厌她,还会提了家养母鸡送给水手!那些水手胡闹到半夜里回到船上,把缚着脚的母鸡,向舱里同伴热被上抛去,一些在睡梦里被惊醒的同伴,就会喃喃地骂着:"溜子,溜子,你一条××换一只母鸡,老子明早天一亮用刀割了你!"于是各个臭被一角皆起了咕咕的笑声……

我还正在那个拦头水手行为上,思索到一个可笑的问题,不知道他那么上岸去,由他说来,究竟得到了些什么好处,可是他却出我意料以外,上岸不久又下了河,回到小船上来了。小船上掌梢水手正点了个小油灯,薄薄灯光照着那水手的快乐脸孔。掌梢的向他说:"七老,怎么的,你就回来?不同婊子过夜!"

小水手也向他说了一句野话,那小子只把头摇着且微笑着,赶忙解下了他那根腰带。原来他棉袄里藏了一大堆橘子,腰带一解,橘子便在舱板上各处滚去。问他为什么得了那么多橘子,方知道他虽上了岸,却并不胡闹,只到河街上打了个转,在一个小铺子里坐了一会儿,见有橘子卖,知道我欢喜吃橘子,就把钱全买了橘子带回来了。

我见着他那很有意思的微笑,我知道他这时所做的事,对于他自己感觉如何愉快,我便笑将起来,不说什么了。四个人剥橘子吃时,我要他告给我十一个月做土匪的生活,有些什么可说的事情,让我听听。他就一直把他的故事说到十二点钟。我真像读了一本内容十分新奇的教科书。

天气如所希望的终于放晴了,我同这几个水手在这只小船上已经过了十二个日子。

天既放晴后,小船快要到目的地时,坐在船舱中一角,瞻望澄碧无尽的长流,使我发生无限感慨。十六年以前,河岸两旁黛色庞大石头上,依然是在这样晴朗冬天里,有野莺与画眉鸟从山谷中竹篁里飞出来,在石头上晒太阳,悠然自得地哢唱悦耳的曲子,直到有船近身时,又方始一齐向竹林中飞去。十六年来竹林里的鸟雀,那份从容处,犹如往日一个样子,水面划船人愚蠢朴质勇敢耐劳处,也还相去不远。但这个民族,在这一堆长长日子里，为内战、毒物、饥馑、水灾，如何向堕落与灭亡大路走去。一切人生活习惯，又如何在巨大压力下失去了它原来的纯朴型范，形成一种难于设想的模式！

小船到达我水行的终点浦市时，约在下午四点钟左右。这个经过昔日的繁荣而衰败了多年的码头，二十年前是这个地方繁荣达到顶点的时代。十六年前地方业已大大衰落，那时节沿河长街的油坊，尚常有三两千新油篓晒在太阳下，沿河七个用青石做成的码头，有一半还停泊了结实高大四橹五舱运油船。此外船只多从下游运来淮盐、布匹、花纱，以及川黔边区所需的洋广杂货。川黔边境由旱路运来的朱砂、水银、苎麻、五倍子，莫不在此交货转载。木材浮江而下时，常常半个河面皆是那种大木筏。本地市面则出炮仗，出印花布，出肥人，出肥猪。河面既异常宽平，码头又特别干净整齐，虽从那些大商号里、寺庙里，都可见出这个商埠在日趋于衰颓，然而一个旅行者来到此地时，一切规模总仍然可得到一个极其动人的印象！街市尽头河下游为一长潭，河上游为一小滩，每当黄昏薄暮，落日沉入大地，天上暮云为落日余晖所烘炙，剩余一片深紫时，大帮货船从上而下，摇船人泊船近岸，在充满了薄雾的河面，浮荡的催橹歌声，又正是一种如何壮丽稀有的歌声！

如今小船到了这个地方后，看看沿河各码头，早已破烂不堪。小船泊定的一个码头，一共有十二只船，除了有一只船载运了方柱形毛铁，一只船载辰溪烟煤，正在那里发签起货外，其他船只似乎已停泊了多日，无货可载。有七只船还在小桅上或竹篙上，悬了一个用竹缆编成的圆圈，作为"此船出卖"的标志。

小船上掌梢水手同拦头水手全上岸去了，只留下小水手守船，我想乘天气还不会断黑，到长街上去看看这一切衰败了的地方，是不是商店中还能有个把肥胖子。一到街口却碰着了那两个水手，正同个骨瘦如柴的长人在一个商店门前相骂。问问旁人是什么事情，才知道这长子原来是个屠户，争吵的原因只是对于所买的货物分量轻重有所争持。看到他们那么气急败坏大声吵骂无个了结，我就不再走过去了。

下船时，我一个人坐在那小小船只空舱里让黄昏来临，心中只想着一件古怪事情："浦市地方屠户也那么瘦了，是谁的责任？希望到这个地面上，还有一群精悍结实的青年，来驾驭钢铁征服自然，这责任应当归谁？"一时自然不会得到任何结论。

作于一九三四年

箱子岩

　　十五年以前,我有机会独坐一只小篷船,沿辰河上行,停船在箱子岩脚下。一列青黛崭削的石壁,夹江高矗,被夕阳烘炙成为一个五彩屏障。石壁半腰约百米高的石缝中,有古代巢居者的遗迹,石罅隙间横横地悬撑起无数巨大横梁,暗红色长方形大木柜尚依然好好地搁在木梁上。岩壁断折缺口处,看得见人家茅棚同水码头,上岸喝酒下船过渡人也得从这缺口通过。那一天正是五月十五,河中人过大端阳节。箱子岩①洞窟中最美丽的三只龙船,早被乡下人拖出浮在水面上。船只狭而长,船舷描绘有朱红线条,全船坐满了青年桨手,头腰各缠红布。鼓声起处,船便如一支没羽箭,在平静无波的长潭中来去如飞。河身大约一里路宽,两岸皆有人看船,大声呐喊助兴。且有好事者,从后山爬到悬岩顶上去,把"铺地锦"百子鞭炮从高岩上抛下,尽鞭炮在半空中爆裂,形成一团团五彩碎纸云尘。嘭嘭嘭嘭的鞭炮声与水面船中锣鼓声相应和,引起人对于历史回溯发生一种幻想,一点感慨。

---

① 箱子岩:岩块一般长约6米、高约2米,墨黑而泽光,酷似黑皮箱,故有箱子岩之名。

当时我心想：多古怪的一切！两千年前那个楚国逐臣屈原，若本身不被放逐，疯疯癫癫来到这种充满了奇异光彩的地方，目击身经这些惊心动魄的景物，两千年来的读书人，或许就没有福分读《九歌》那类文章，中国文学史也就不会如现在的样子了。在这一段长长岁月中，世界上多少民族皆堕落了，衰老了，灭亡了。即如号称东亚大国的一片土地，也已经有过多少次被从西北方远来沙漠中的蛮族，骑了膘壮的马匹，手持强弓硬弩，长枪大戟，到处践踏蹂躏！（辛亥革命前夕，在这苗蛮杂处的一个边镇上，向土民最后一次大规模施行杀戮的统治者，就是一个北方清朝的宗室！辛亥以后，老袁梦想做皇帝时，又有两师北佬在这里和滇军作战了大半年。）然而这地方的一切，虽在历史中照样发生不断的杀戮、争夺，以及一到改朝换代时，派人民担负种种不幸命运，死的因此死去，活的被逼迫留发、剪发，在生活上受新朝代种种限制与支配。然而细细一想，这些人根本上又似乎与历史毫无关系。从他们应付生存的方法与排泄感情的娱乐看上来，竟好像今古相同，不分彼此。这时节我所眼见的光景，或许就和两千年前屈原所见的完全一样。

那次我的小船停泊在箱子岩石壁下，附近还有十来只小渔船，大致打鱼人也有玩龙船竞渡的，所以渔船上妇女小孩们，精神无不十分兴奋，各站在尾梢上或船篷上锐声呼喊。其中有几个小孩子，我只担心他们太快乐兴奋了些，会把住家的小船跳沉。

　　日头落尽云影无光时，两岸渐渐消失在温柔暮色里。两岸看船人呼喝声越来越少，河面被一片紫雾笼罩，除了从锣鼓声中还能辨别那些龙船方向，此外已别无所见。然而岩壁缺口处却人声嘈杂，且闻有小孩子哭声，有妇女们尖锐叫唤声，综合给人一种悠然不尽的感觉。天气已经夜了，吃饭是正经事。我原先还以为再等一会儿，那龙船一定就会傍近岩边来休息，被人拖进石窟里，在快乐呼喊中结束这个节日了。谁知过了许久，那种锣鼓声尚在河面飘扬着，表示一班人还不愿意离开小船，回转家中。待到我把晚饭吃过后，爬出舱外一望，呀，天上好一轮圆月。月光下石壁同河面，一切如镀了银，已完全变换了一种调子。岩壁缺口处水码头边，正有人用废竹缆或油柴燃着火燎，火光下只见许多穿白衣人的影子移动。问问船上水手，方知道那些人正把酒食搬移上船，预备分派给龙船上人。原来这些青年人白日里划了一整天船，看船的已慢慢散尽了，划船的还不尽兴，并且谁也不愿意扫兴示弱，先行上岸，因此三只长船还得在月光下玩个上半夜。

　　提起这件事，使我重新感到人类文字语言的贫俭。那一派声音，那一种情调，真不是用文字语言可以形容的事情。要一个长年身在城市里住下，以读读《楚辞》就"神往意移"的人，来描绘那月下竞舟的一切，更近于徒然的努力。我可以说的，只是自从我把这次水上所领略的印象保留到心上后，一切书本上的动人记载，全看得平平常常，不至于发生任何惊讶了。这正像我另外一时，看过人类许多不同花样的愚蠢杀戮，对于其余书上叙述到这件事情时，同样不能再给我如何感动。

十五年后我又有了机会乘坐小船沿辰河上行，应当经过箱子岩。我想温习温习那地方给我的印象，就要管船的不问迟早，把小船在箱子岩下停泊。这一天是十二月七号，快要过年的光景。没有太阳的阴沉酿雪天，气候异常寒冷。停船时还只下午三点钟左右，岩壁上藤萝草木叶子多已萎落，显得那一带斑驳岩壁十分瘦削。悬岩高处红木柜，只剩下三四具，其余早不知到哪里去了。小船最先泊在岩壁下洞窟边，冬天水落得太多，洞口已离水面两三丈以上，我从石壁裂罅爬上洞口，到搁龙船处看了一下，旧船已不知坏了还是早被水冲去了，只见有四只新船搁在石梁上，船头还贴有鸡血同鸡毛，一望就明白是今年方下水的。出得洞口时，见岩下左边泊定五只渔船，有几个老渔婆缩颈敛手在船头寒风中修补鱼网。上船后觉得这样子太冷落了，可不是个办法，就又要船上水手为我把小船撑到岩壁断折处有人家地方去，就便上岸，看看乡下人过年以前是什么光景。

四点钟左右，黄昏已逐渐腐蚀了山峦与树石轮廓，占领了屋角隅。我独自坐在一家小饭铺柴火边烤火。我默默地望着那个火光煜煜的枯树根，在我脚边很快乐地燃着，爆炸出轻微的声音。铺子里人来来往往，有些说两句话又走了，有些就来镶在我身边长凳上，坐下吸他的旱烟。有些来烘烘脚，把穿着湿草鞋的脚去热灰里乱搅。看看每一个人的脸子，我都发生一种奇异的乡情。这里是一群会寻快乐的正直善良乡下人，有捕鱼的，打猎的，有船上水手和编制竹缆工人。若我的估计不错，那个坐在我身旁，伸出两只手向火，中指节有个放光顶针的，肯定还是一位乡村里的成衣人。这些人每到大端阳时节，都得下河去玩一整天的龙船。平常日子特别是隆冬严寒天气，却在这个地方，按照一种分定，很简单地把日子过下去。每日看过往船只摇橹扬帆来去，看落日同水鸟。虽然也同样有人事上的得失，到恩怨纠纷成一团时，就陆续发生庆贺或仇杀。然而从整个说来，这些人生活却仿佛同"自然"已相融合，很从容地各在那里尽其性命之理，与其他无生命物质一样，唯在日月升降寒暑交替中放射，分解。而且在这种过程中，人是如何渺小的东西，这些人比起世界上任何哲人，也似乎还更知道得多一些。

听他们谈了许久，我心中有点忧郁起来了。这些不辜负自然的人，与自然妥协，对历史毫无担负，活在这无人知道的地方。另外尚有一批人，与自然毫不妥协，想出种种方法来支配自然，违反自然的习惯，同样也那么尽寒暑交替，看日月升降。然而后者却在慢慢改变历史,创造历史。一份新的日月,行将消灭旧的一切。我们用什么方法,就可以使这些人心中感觉一种对"明天"的"惶恐",且放弃过去对自然和平的态度,重新来一股劲儿,用划龙船的精神活下去?这些人在娱乐上的狂热,就证明这种狂热能换个方向,就可使他们还配在世界上占据一片土地,活得更愉快更长久一些。不过有什么方法,可以改造这些人的狂热到一件新的竞争方面去,可是个费思索的问题。

一个跛脚青年人,手中提了一个老虎牌新桅灯,灯罩光光的,洒着摇着从外面走进了屋子。许多人见了他都同声叫唤起来:"什长,你发财回来了!好个灯!"

那跛子年纪虽很轻,脸上却刻画了一种兵油子的油气与骄气,在乡下人中仿佛身份特高一层。把灯搁在木桌上,大洋洋地坐近火边来,拉开两腿摊出两只大手烘火,满不高兴地说:"碰鬼,运气坏,什么都完了。"

"船上老八说你发了财,瞒我们。怕我们开借。"

"发了财,哼。用得着瞒你们?本钱去七角,桃源行市只一块零,除了上下开销,二百两货有什么捞头,我问你。"

这个人接着且连骂带唱地说起桃源后江娘儿们种种有趣的情形,使得一班人活泼兴奋起来,话说得正有兴味时,一个人来找他,说"什长,猪蹄髈炖好了,酒已热好了",他搓搓手,说声有偏各位,提起那个新桅灯就走了。

原来这个青年汉子,是个打鱼人的独生子。三年前被省城里募兵委员看中了招去,训练了三个月,新开到江西边境去同共产党打仗。打了半年仗,一班兄弟中只剩下他一个人好好地活着,奉令调回后防招募新军补充时,他因此升了班长。第二次又训练三个月,再开到前线去打仗。于是碎了一只腿,抬回省中军医院诊治,照规矩这只腿得用锯子锯去。一群同乡都以为从辰州地方出来的家乡人,"辰州符"比截割高明得多了,信他个洋办法像话吗?就把他从医院中抢出,在外边用老办法找人敷水药治疗。说也古怪,不到三个月,那只腿居然不必截割全好了。战争是个什么东西他也明白了。取得了本营证明,领得了些伤兵抚恤费后,于是回到家乡来,用什长名义受同乡恭维,又用伤兵名义做点特别生意。这生意也就正是有人可以赚钱,有人可以犯法,政府也设局收税,也制定法律禁止,又可以杀头,又可以发财,那种从各方面说来都似乎极有出息的生意。我想弄明白那什长的年龄,从那个当地唯一成衣人口中,方知道这什长今年还只二十一岁。那成衣人还说:

"这小子看事有眼睛,做事有魄力,瘸了一只腿,还会一月一个来回下常德府,吃喝玩乐发财走好运。若两只腿全弄坏,那就更好了。"

有个水手插口说:"这是什么话。"

"什么画,壁上挂。穷人打光棍,一只腿打坏了不顶事。如两只腿全打坏了,他就不会卖烟土走私赚了钱,再到桃源县后江玩花姑娘了!"

成衣人末后一句打趣话,把大家都弄笑了。

回船时,我一个人坐在灌满冷气的小小船舱中,屈指计算那什长年龄,二十一岁减十五,得到个数目是六。我记起十五年前那个夜里一切光景,那落日返照,那狭长而描绘朱红线条的船只,那锣鼓与热情兴奋的呼喊……尤其是临近几只小渔船上欢乐跳掷的小孩子,其中一定就有一个今晚我所见到的跛脚什长。唉,历史是多么古怪的事物。生硬性痈疽的人,照旧式治疗方法,可用一星一点毒药敷上,尽它溃烂,到溃烂净尽时,再用药物使新的肌肉生长,人也就恢复健康了。这跛脚什长,我对他的印象虽异常恶劣,想起他就是一个可以溃烂这乡村居民灵魂的人物,不由人不寄托一种幻想……

二十年前澧州镇守使王正雅部队一个平常马夫,姓贺名龙,兵乱时,一菜刀切下了一个散兵的头颅,二十年后就得惊动三省集中十万军队来解决这马夫。谁个人会注意这小小节目,谁个人想象得到人类历史是用什么写成的!

作于一九三四年

五个军官与一个煤矿工人

辰河弄船人有两句口号，旅行者无人不十分熟悉。那口号是："走尽天下路，难过辰溪渡。"事实上辰溪渡也并不怎样难过，不过弄船人所见不广，用纵横长约千里路一条辰河与七个支流小河作准，因此说出那么两句天真话罢了。地险人蛮却为一件事实。但那个地方，任何时节实在是一个令人神往倾心的美丽地方。

辰溪县的位置，恰在两条河流的交汇处，小小石头城临水倚山，建立在河口滩脚崖壁上。河水深到三丈尚清可见底。河面长年来往着湘黔边境各种形体美丽的船只。山头为石灰岩，无论晴雨，总可见到烧石灰人窑上飘扬的青烟与白烟。房屋多黑瓦白墙，接瓦连椽紧密如精巧图案。对河与小山城成犄角，上游是一个三角形小阜，阜上有修船造船的干坞与宽坪。位再下游一点，则为一个三角形黑色山岨，濒河拔峰，山脚一面接受了沅水激流的冲刷，一面被麻阳河长流的淘洗，岩石玲珑透空。半山有个壮丽辉煌的庙宇，名"丹山寺"，庙宇外岩石间且有成千大小不一的浮雕石佛。太平无事的日子，每逢佳节良辰，当地驻防长官、县知事、小乡绅及商会主席、税局头目，便乘小船过渡到那个庙宇里饮酒赋诗或玩牌下棋。在那个悬岩半空的庙里，可以眺望上行船的白帆，听下行船摇橹人唱歌。街市尽头下游便是一个长潭，名"斤丝潭"，历来传说水源倒放一斤丝线才能到底。两岸皆五色石壁，矗立如屏障一般。长潭中日夜必有成百只打鱼船，载满了黑色沉默的鱼鹰，浮在河面取鱼。小船挹流而渡，艰难处与美丽处实在可以平分。

地方又出煤炭，是湘西著名产煤区。似乎无处无煤，故山前山后随处可见到用土法开掘的煤井。沿河两岸皆常有运煤船停泊。码头间无时不有若干黑脸黑手脚汉子，把大块烟煤运送到船上，向船舱中抛去。若过一个取煤斜井边去，就可见到无数同样黑脸黑手脚人物，全身光裸，腰前围上一片破布，头上戴了一盏小灯，向那个俨若地狱的黑井爬进爬出。矿坑随时皆可以坍陷或被水灌入，坍了，淹了，这些到地狱讨生活的人自然也就完事了。

矿区同小山城各驻扎了相当军队。七年前，有一天晚上，一名哨兵扛了枪支，正从一个废弃了的煤井前面经过，忽然从黑暗里跃出了一个煤矿工人，一菜刀把那个哨兵头颅劈成两爿。这煤矿工人很敏捷地把枪支同子弹取下后，便就近埋藏在煤渣里，哨兵尸身被拖到那个浸了半井黑水的煤井边，"咚"的一声抛下去了。这个哨兵失了踪，军营里当初还以为人开了小差，照例下令各处通缉。直等到两个半月以后，尸身为人在无意中发现时，那个狡猾强悍的煤矿工人，在辰溪与芷江两县交界处的土匪队伍中称小舵把子，干打家劫舍捉肥羊的生涯已多日了。

三年后，这煤矿工人带领了约两千穷人，又在一种十分敏捷的手段下，占领了那个辰溪的小山城。防军受了相当损失，把其余部队集中在对河产煤区，准备反攻。一切船只不是逃往下游便是被防军扣留，河面一无所有，异常安静。上下行商船一律停顿到上下三五十里码头上，最美观的木筏也不能在河面见着了。两岸煤矿全停顿了，烧石灰人也逃走了。白日里静悄悄的，只间或还可听到一两声哨兵放冷枪声音。每日黄昏里及天明前后，两方面都担心敌人渡河袭击，便各在河边燃了大大的火堆，且把机关枪哔哔剥剥地放了又放。当机关枪如拍簸箕那么反复作响时，一些逃亡在山坳里的平民，以及被约束在一个空油坊里的煤矿工人，便各在沉默里，从枪声方面估计两方的得失。多数人虽明白这战争不出一个月必可结束，落草为寇的仍然逃入深山，驻防的仍然收复了原有防地。但这战事一延长，两方面的牺牲，谁也就不能估计得到了。

每次机关枪的响声下，照例必有防军方面渡江奇袭的船只过河。照例是五个八个一伙伏在船舱里,把水湿棉絮同沙包垒积到船头与船旁,乘黄昏天晓薄雾平铺江面时挹流偷渡。船只在沉默里行将到达岸边时,在强烈的手电筒搜索中被发现了,于是响了机关枪。船只仍然不顾一切在沉默中向岸边划去。再过一会儿,"訇"的一声,从船上掷出的手榴弹已抛到岸边哨兵防御工事边。接着两方面皆响起了机关枪,手榴弹也继续爆炸着。再过一阵,枪声已停止,很显然的,渡河的在猛烈炮火下,地势不利失败了。这些人或连同船只沉到水中去了,或已拢岸却依然在悬崖下牺牲了,或被炮火所逼,船中人死亡将尽,剩余一个两个受了伤,尽船只向下游漂去,在五里外的长潭中,方有机会靠拢自己防地那一个岸边。

半月以内,防军在渡头上下三里前后牺牲了大约有三连实力,与三十七只大小船只。到后却有五个教导团的年轻学兵,在大雨中带了五支自动步枪,一堆手榴弹,三支连槽,用竹筏渡河,拢岸时,首先占领了土匪沿河一个重要码头,其余竹筏已陆续渡河,从占领处上了岸。在一场剧烈凶猛巷战中,那矿工统率的穷人队伍不能支持,在街头街尾一些公共建筑各处放了火,便带了残余部众,绑着县长同几个当地绅士,向东乡逃跑了。

三个月内,防军在继续追剿中,解决了那个队伍全部的实力,肉票也皆被夺回了。但那个矿工出身土匪首领的漏网,却成为地方当局忧虑不安的事情。到后来虽悬赏探听明白了他的踪迹，却无方法可以诱出逮捕。

五个青年教导团学兵，那时节业已毕业，升了各连的见习，尚未归连。就请求上司允许他们冒一次险，且向上司说明这冒险的计划。

七天以后，辰溪沅州两县边境名为"窑上"的地方，一个制砖人小饭铺里，就有五个人吃饭。五个人全作贵州商人装束，其中有四个各扛了小扁担，扛了担贵州出产的松皮纸。只一人挑了一担有盖箩筐。这制砖人年纪已开六十岁，早为防军侦探明白是那个矿工的通信联络人。年轻人把饭吃过后，几人便互相商量到一件事情。所说的话自然就是故意想让那老头子从一旁听去的话。这时节几个人正装扮成为一群从黔省来投靠那矿工的零伙，箩筐里白米下放的是一支已拆散了的捷克式轻机关枪同若干发子弹。箩筐中真是那玩意儿！几人一面说，一面埋怨这次来到这里的冒昧处。一片谎话把那个老奸巨猾的心说动了后，那老的搭讪着问了些闲话，相信几人真是来卖身投靠的同道了，就说他会卜课。他为卜了一课，那卦上说，若找人，等等向西方走去，一定可以遇到一个他们所要见的人。等待几人离开了饭铺向西走去时，制砖人早把这个消息递给了另一方面。两方面都十分得意，以为对面的一个上了套。

因此几个人不久就同一个"管事"在街口会了面。稍稍一谈,把箩筐盖甩去一看,机关枪赫然在箩筐里。管事的再不能有何种疑虑了。就邀约五个人入山去见"龙头",吃血酒发誓,此后便祸福与共,一同做梁山上弟兄。几个年轻人却说"光棍心多,请莫见怪",以为最好倒是约"龙头"来窑上吃血酒发誓,再共同入山。管事的走去后,几个人就依然住在窑上制砖人家里等候消息。

第二天,那个机智结实矿工,带领四个散伙弟兄来到了窑上,见面后,很亲热地一谈,见得十分投契,点了香烛,杀了鸡,把鸡血开始与烧酒调和,各人正预备喝下时,在非常敏捷行为中,五个年轻人各从身边取出了手枪同小宝(解首刀),动起手来,几个从山中来的豹子,在措手不及情形中全被放翻了。那矿工最先手臂和大腿各中了一枪,早躺在地下血泊里,等到其他几个人倒下时,那矿工就冷冷地向那五个年轻人笑着说:"弟兄,弟兄,你们手脚真麻利!慢一会儿,就应归你们躺到这里了。我早就看穿了你们的诡计,明白你们是从哪儿来的卖客,好胆量!"

几个年轻人不说什么,在沉默里把那些被放翻在地下的人,首级一一割下。轮到矿工时,那矿工仍然十分沉静地说:"弟兄,弟兄,不要尽做蠢事,留一个活口,你们好回去报功!"

五个年轻人心想，真应该留一个活的，"好去报功"！就不说什么，把他捆绑起来。

一会儿，五个年轻人便押了受伤的矿工，且勒迫那个制砖的老头子挑了四个人头，沉默地一列回辰溪县了。走到去辰溪不远的白羊河时，几人上了一只小船。

船到了辰溪上游约三里路，那个受伤的矿工又开了口："弟兄，弟兄，一切是命。你们运气好，手面子快，好牌被你们抓上手了。那河边煤井旁，我还埋了四支连槽，爽性助和你们，你们谁同我去拿来吧。"

那煤矿原来去山脚不远，来回有二十分钟就可以了事。五个年轻人对于这提议毫不疑惑。矿工既已身受重伤，无法逃遁，四支连槽照市价值一千块钱，引起了几个年轻人的幻想，商量派谁守船都不成，于是五个人就又押了那个受伤矿工与制砖老头子，一同上了岸。走近一个废坑边，那矿工却说，枪支就埋在坑前左边一堆煤滓里。正当几个人争着去翻动煤滓寻取枪支时，矿工一瘸一拐地走近了那个业已废弃多年的矿井边，声音朗朗地从容地说道："弟兄，弟兄，对不起，你们送了我那么多远路，有劳有偏了！"

话一说完，猛然向那深井里跃去。几个人赶忙抢到井边时，只听到"咚"的一声，那矿工便完事了。

五个青年人呆了许久，骂了许久，也笑了许久。皆觉得被骗了一次，白忙了一回。那废井深约四十公尺，有一半已灌了水。七年前那个哨兵，就是被矿工从这个井口抛下去的。……

在另外一个篇章里，我不是曾经说过我抵辰州时，第一天就见着五个青年军官吗？当他们和我共同围坐在一个火炉边，向我说到他们的冒险，和那矿工临死前那份镇静时，我简直呆了。我问他们，为什么当时不派个人拉着那矿工的绳子。

"拉他的绳子吗，你真说得好。当真拉住他，谁拉他谁不就同时被他带下井去了吗？"说这个话的年轻朋友，原来就正是当时被派定看守矿工的一个，为了忙于发现埋藏的手枪，幸而不至于被拉下井的。

作于一九三四年

老　伴

　　我平日想到泸溪①县时，回忆中就浸透了摇船人催橹歌声，且被印象中一点儿小雨，仿佛把心也弄湿了。这地方在我生活史中占了一个位置，提起来真使我又痛苦又快乐。

　　泸溪县城界于辰州与浦市两地中间，上距浦市六十里，下达辰州也恰好六十里。四面是山，对河的高山逼近河边，壁立拔峰，河水在山峡中流去。县城位置在洞河与沅水汇流处，小河泊船贴近城边，大河泊船去城约三分之一里（洞河通称小河，沅水通称大河）。洞河来源远在苗乡，河口长年停泊了五十只左右小小黑色洞河船。弄船者有短小精悍的花帕苗，头包格子花帕，腰围短短裙子。有白面秀气的所里人，说话时温文尔雅，一张口又善于唱歌。洞河既水急山高，河身转折极多，上行船到此已不适宜于借风使帆。凡入洞河的船只，到了此地，便把风帆约成一束，做上个特别记号，寄存于城中店铺里去，等待载货下行时，

---

① 泸溪：泸溪位于湖南省西部，湘西土家族苗族自治州东南部。

再来取用。由辰州开行的沅水商船,六十里为一大站,停靠泸溪为必然的事。浦市下行船若预定当天赶不到辰州,也多在此过夜。然而上下两个大码头把生意全已抢去,每天虽有若干船只到此停泊,小城中商业却清淡异常。沿大河一方面,一个稍稍像样的青石码头也没有。船只停靠都得在泥滩与泥堤下,落了小雨,上岸下船不知要滑倒多少人!

十七年前的七月里,我带了"投笔从戎"的味儿,在一个"龙头大哥"兼"保安司令"的带领下,随同八百乡亲,乘了从高村抓封得到的二十来只大小船舶,浮江而下,来到了这个地方。靠岸停泊时正当傍晚,紫绛山头为落日镀上一层金色,乳色薄雾在河面流动。船只拢岸时摇船人照例促橹长歌,那歌声糅合了庄严与瑰丽,在当前景象中,真是一曲不可形容的音乐。

第二天,大队船只全向下游开拔去了,抛下了三只小船不曾移动。两只小船装的是旧棉军服,另一只小船,却装了十三名补充兵,全船中人年龄最大的一个十九岁,极小的一个十三岁。

十三个人在船上实在太挤了。船既不开动,天气又正热,挤在船上也会中暑发痧。因此许多人白日里尽光身泡在长河清流中,到了夜里,便爬上泥堤去睡觉。一群小子身上全是空无所有,只从城边船户人家讨来一大捆稻草,各自扎了一个草枕,在泥堤上仰面躺了五个夜晚。

这件事对于我个人不是一个坏经验。躺在尚有些微余热的泥土上，身贴大地，仰面向天，看尾部闪放宝蓝色光辉的萤火虫匆匆促促飞过头顶。沿河是细碎人语声，蒲扇拍打声，与烟杆剥剥的敲着船舷声。半夜后天空有流星曳了长长的光明下坠。滩声长流，如对历史有所陈诉埋怨。这一种夜景，实在是我终身不能忘掉的夜景！

到后落雨了，各人竟上了小船。白日太长，无法排遣，各自赤了双脚，冒着小雨，从烂泥里走进县城街上去观光。大街头江西人经营的布铺，铺柜中坐了白发皤然老妇人，庄严沉默如一尊古佛。大老板无事可做，只腆着肚皮，叉着两手，把脚拉开成为八字，站在门限边对街上檐溜出神。窄巷里石板砌成的行人道上，小孩子扛了大而朴质的雨伞，响着寂寞的钉鞋声。待到回船时，各人身上业已湿透，就各自把衣服从身上脱下，站在船头相互帮忙拧去雨水。天夜了，便满船是呛人的油气与柴烟。

在十三个伙伴中我有两个极要好的朋友。其中一个是我的同宗兄弟，名叫沈万林。年纪顶大，与那个在常德府开旅馆头戴水獭皮帽子的朋友，原本同在一个中营游击衙门里服务当差，终日栽花养金鱼，事情倒也从容悠闲。只是和上面管事头目合不来。忽然对职务厌烦起来，把管他的头目痛打一顿，自己也被打了一顿，因此就与我们做了同伴。其次是那个年纪顶轻的，名字就叫"开明",一个赵姓成衣人的独生子,为人伶俐勇敢,稀有少见。家中虽盼望他能承继先人之业,他却梦想做个上尉副官,头戴金边帽子,斜斜佩上条红色值星带,站在副官处台阶上骂差弁,以为十分神气。因此同家中吵闹了一次,负气出了门,这小孩子年纪虽小,心可不小!同我们到县城街上转了三次,就看中了一个绒线铺的和他年龄差不多的女孩子,问我借钱向那女孩子买了三次白棉线草鞋带子。他虽买了不少带子,那时节其实连一双多余的草鞋都没有,把带子买得同我们回转船上时,他且说:"将来若做了副官,当天赌咒,一定要回来讨那女孩子做媳妇。"那女孩子名叫"翠翠",我写《边城》故事时,弄渡船的外孙女,明慧温柔的品性,就从那绒线铺小女孩印象而来。我们各人对于这女孩子,印象似乎都极好,不过当时却只有他一个人特别勇敢天真,好意思把那一点糊涂希望说出口来。

日子过去了三年,我那十三个同伴,有三个人由驻防地的辰州请假回家去,走到泸溪县境驿路上,出了意外的事情,各被土匪砍了二十余刀,流一摊血倒在大路旁死掉了。死去的三人中,有一个就是我那同宗兄弟。我因此得到了暂时还家的机会。

那时节军队正预备从鄂西开过四川就食,部队中好些年轻人一律被遣送回籍。那保安司令官意思就在让各人的父母负点儿责:以为一切是命的,不妨打发小孩子再归营报到,担心小孩子生死的，自然就不必再来了。

  我于是和那个伙伴并其他二十多个年轻人，一同挤在一只小船中，还了家乡。小船上行到泸溪县停泊时，虽已黑夜，两人还进城去拍打那人家的店门，从那个翠翠手中买了一次白带子。

  到家不久，这小子大约不忘却做副官的好处，借故说假期已满，同成衣人爸爸又大吵了一架，偷了些钱，独自走下辰州了。我因家中无事可做，不辞危险也坐船下了辰州。我到得辰州老参将衙门报到时，方知道本军部队四千人，业已于四天前全部开拔过四川，所有相熟伙伴也完全走尽了。我们已不能过四川，改成为留守部人员。留守部只剩下一个上尉军需官，一个老年上校副官长，一个跛脚中校副官，以及两班新刷下来的老弱兵士。开明被派作勤务兵，我的职务为司书生，两人皆在留守部继续供职。两人既受那个副官长管辖，老军官见我们终日坐在衙门里梧桐树下唱山歌，以为我们应找点正经事做做，就想出个巧办法，派遣两人到附近城外荷塘里去为他钓蛤蟆。两人一面钓蛤蟆一面谈天，我方知道他下行时居然又到那绒线铺买了一次带子。我们把蛤蟆从水荡中钓来，剥了皮洗刷得干干净净后，用麻线捆着那东西小脚，成串提转衙门时，老军官就加上作料，把一半熏了下酒，剩下一半还托同乡带回家中去给老太太享受。我们这种工作一直延长到秋天，才换了另外一种。

过了约一年，有一天，川边来了个特急电报：部队集中驻扎在一个湖北边上来凤小县城里，正预备拉夫派捐回湘。忽然当地切齿发狂的平民，受当地神兵煽动，秘密约定由神兵带头打先锋，发生了民变，各自拿了菜刀、镰刀、撇麻砍柴刀大清早分头猛扑各个驻军庙宇和祠堂来同军队作战。四千军队在措手不及情形中，一早上就放翻了三千左右。总部中除那个保安司令官同一个副官侥幸脱逃外，其余所有高级官佐职员全被民兵砍倒了（事后闻平民死去约七千，半年内小城中随处还可发现白骨）。这通电报在我命运上有了个转机，过不久，我就领了三个月遣散费，离开辰州，走到出产香草香花的芷江县，每天拿了个紫色木戳，过各屠桌边验猪羊税去了。所有八个伙伴已在川边死去，至于那个同买带子同钓蛤蟆的朋友呢，消息当然从此也就断绝了。

整整过去十七年后，我的小船又在落日黄昏中，到了这个地方停靠下来。冬天水落了些，河水去堤岸已显得很远，裸露出一大片干枯泥滩。长堤上有枯苇唰唰作响，阴背地方还可看到些白色残雪。

石头城恰当日落一方，雉堞与城楼皆为夕阳落处的黄天衬出明明朗朗的轮廓。每一个山头仍然镀上了金，满河是橹歌浮动（就是那使我灵魂轻举永远赞美不尽的歌声）！我站在船头，思索到一件旧事，追忆及几个旧人。黄昏来临，开始占领了整个空间。远近船只全只剩下一些模糊轮廓,长堤上有一堆一堆人影子移动,邻近船上炒菜落锅声音与小孩哭声杂然并陈。忽然间,城门边响了一声卖糖人的小锣,"铛……"

一双发光乌黑的眼珠,一条直直的鼻子,一张小口,从那一槌小锣声中重现出来。我忘了这份长长岁月在人事上所发生的变化,恰同小说书本上角色一样,怀了不可形容的童心,上了堤岸进了城。城中接瓦连橡的小小房子,以及住在这小房子里的本城人民,我似乎与他们都十分相熟。时间虽已过了十七年,我还能认识城中的路道,辨别城中的气味。

我居然没有错误,不久就走到了那绒线铺门前了。恰好有个船上人来买棉丝,当他推门进去时,我紧跟着进了那个铺子。有这样稀奇的事情吗?我见到的不正是那个"翠翠"吗?我真惊讶得说不出话来。十七年前那小女孩就成天站在铺柜里一堵棉纱边,两手反复交换动作挽她的棉线,目前我所见到的,还是那么一个样子。难道我如浮士德一样,当真回到了那个"过去"了吗?我认识那眼睛、鼻子和薄薄小嘴。我毫不含糊,敢肯定现在的这一个就是当年的那一个。

"要什么呀?"就是那声音,我也似乎极其熟悉。

我指定悬在钩上一束白色东西:"我要那个!"

如今真轮到我这老军务来购买系草鞋的白棉纱带子了!当那

女孩子站在一个小凳子上，去为我取钩上货物时，铺柜里火盆中有茶壶沸水声音，某一处有人吸烟声音。女孩子辫发上缠的是一绺白绒线，我心想：死了爸爸还是死了妈妈？火盆边茶水沸了起来，小隔扇门后面有个男子哑声说话："小翠，小翠，水开了，你怎么的？"女孩子虽已即刻很轻捷灵便地跳下凳子，把水罐挪开，那男子却仍然走出来了。

真没有再使我惊讶的事了，在黄晕晕的煤油灯光下，我原来又见到了那成衣人的独生子！这人简直可说是一个老人，很显然的，时间同鸦片烟已毁了他。但不管时间同鸦片烟在这男子脸上刻下了什么记号，我还是一眼就认定这人便是那一再来到这铺子里购买带子的赵开明。从他那点神气看来，却决猜不出面前的主顾，正是同他钓蛤蟆的老伴。这人虽做不成副官，另一糊涂希望可终究被他达到了。我憬然觉悟他与这一家人的关系，且明白那个似乎永远年轻的女孩子是谁的儿女了。我被"时间"意识猛烈地掴了一巴掌，摸摸我的面颊，一句话不说，静静地站在那儿看两父女度量带子，验看点数我给他的钱。完事时，我想多停顿一会儿，又借故买了点白糖，他们虽不卖白糖，老伴却出门为我向别一铺子把糖买来。他们那份安于现状的神气，使我觉得若用我身份惊动了他，就真是我的罪过。

我拿了那个小小包儿出城时，天已断黑，在泥堤上乱走。

天上有一粒极大星子，闪耀着柔和悦目的光明。我瞅定这一粒星子，目不旁瞬。

"这星光从空间到地球据说就得三千年，阅历多些，它那么镇静有它的道理。我现在还只三十岁刚过头，能那么镇静吗？……"

我心中似乎极具混乱，我想我的混乱是不合理的。我的脚正踏到十七年前所躺卧的泥堤上，一颗心跳跃着，勉强按捺也不能约束自己。可是，过去的，有谁人能拦住不让它过去，又有谁能制止不许它再来？时间使我的心在各种变动人事上感受了点分量不同的压力，我得沉默，得忍受。再过十七年，安知道我不再到这小城中来？世界虽极广大，人可总像近于一种宿命，给限制着在一定范围内，经验到他的过去相熟的事情。

为了这再来的春天，我有点忧郁，有点寂寞。黑暗河面起了缥缈快乐的橹歌。河中心一只商船正想靠码头停泊。歌声在黑暗中流动，从歌声里我俨然彻悟了什么。我明白我不应当翻阅历史，温习历史。在历史前面，谁人能够不感惆怅？

但我这次回来为的是什么？自己询问自己，我笑了。我还愿意再活十七年，重来看看我能看到难于想象的一切。

作于一九三四年

虎雏再遇记

四年前我在上海时，曾经做过一次荒唐的打算，想把一个年龄只十四岁，生长在边陬僻壤小豹子一般的乡下孩子，用最文明的方法试来造就他。虽事在当日，就经那小子的上司预言，以为我一切设计将等于白费。所有美好的设想，到头必不免一切落空。我却仍然不可动摇地按照计划做去。我把那小子放在身边，勒迫他读书，打量改造他的身体改造他的心，希望他在我教育下将来成个知识界伟人。谁知不到一个月，就出了意外事情，那理想中的伟人，在上海滩生事打坏了一个人，从此便失踪了。一切水得归到海里，小豹子也只宜于深山大泽方能发展他的生命。我明白闹出了乱子以后，他必有他的生路。对于这个人此后的消息，老实说，数年来我就不大再关心了。但每当我想及自己所做那件傻事时，总不免为自己的傻处发笑。

这次湘行到达辰州地方后，我第一个见到的就是那只小豹子。除了手脚身个子长大了一些，眉眼还是那么有精神、有野性。见他时，我真是又惊又喜。当他把我从一间放满了兰草与茉莉的花房里引过，走进我哥哥住的一间大房里去，安置我在火盆边大柚木椅上坐下时，我一开口就说："祖送，祖送，你还活在这儿，我以为你在上海早被人打死了！"

他有点害羞似的微笑了，一面为我倒茶一面却轻轻地说："打不死的，日晒雨淋吃小米苞谷长大的人，哪会轻易给人打死啊！"

我说："我早知道你打不死，而且你还一定打死了人。我一切都知道。（说到这里时，我装成一切清清楚楚的神气。）你逃了，我明白你是什么诡计。你为的是不愿意跟在我身边好好读书，只想落草为王，故意生事逃走。可是你害得我们多难受！那教你算学的长胡子先生，自从你失踪后，他在上海各处托人打听你，奔跑了三天，为你差点儿不累倒！"

"那山羊胡子先生找我吗？"

"什么，'山羊胡子先生'！"这字眼儿真用得不雅相、不斯文。被他那么一说，我预备要说的话也接不下去了。

可是我看看他那双大手以及右手腕上那个夹金表，就明白我如今正是同一个大兵说话，并不是同四年前那个"虎雏"说话了。我错了。得纠正自己，于是我模仿粗暴，笑了一下，且学作军官们气魄向他说："我问你，你为什么打死人，怎么又逃了回来？不许瞒我一字，全为我好好说出来！"

他仍然很害羞似的微笑着,告给我那件事情的一切经过。旧事重提,显然在他这种人并不怎么习惯,因此不多久,他就把话改到目前一切来了。他告我上一个月在铜仁方面的战事,本军死了多少人。且告我乡下种种情形,家中种种情形。谈了大约一点钟,我那哥哥穿了他新做的宝蓝缎面银狐长袍,夹了一大卷京沪报纸,口中嘘嘘吹着奇异调门,从军官朋友家里谈论政治回来了,我们的谈话方始中断。

到我生长那个石头城苗乡里去,我的路程尚应当还有四个日子,两天坐原来那只小船,两天还坐了小而简陋的山轿,走一段长长的山路。在船上虽一切陌生,我还可以用点钱使划船的人同我亲热起来。而且各个码头吊脚楼的风味,永远又使我感觉十分新鲜。至于这样严冬腊月,坐两整天的轿子,路上过关越卡,且得经过几处出过杀人流血案子的地方,第一个晚上,又必须在一个最坏的站头上歇脚,若没有熟人,可真有点儿麻烦了。吃晚饭时,我向我那个哥哥提议,借这个副爷送我一趟。因此第二天上路时,这小豹子就同我一起上了路。临行时哥哥别的不说,只嘱咐他"不许同人打架"。看那样子,就可知道"打架"还是这个年轻人的快乐行径。

在船上我得了同他对面谈话的方便,方知道他原来八岁里就用石头从高处掷坏了一个比他大过五岁的敌人,上海那件事发生时，在他面前倒下的，算算已是第三个了。近四年来因为跟随我那上校弟弟驻防溆浦①，派归特务连服务，于是在正当决斗情形中，倒在他面前的敌人数目比从前又增加了一倍。他年纪到如今只十八岁，就亲手放翻了六个敌人，而且照他说来，敌人全超过了他一大把年龄。好一个漂亮战士！这小子大致因为还有点怕我，所以在我面前还装得怪斯文，一句野话不说，一点蛮气不露，单从那样子看来，我就不很相信他能同什么人动手，而且一动手必占上风。

船上他一切在行，篙桨皆能使用，做事时灵便敏捷，似乎比那个小水手还得力。船搁了浅，弄船人无法可想，各跳入急水中去扛船时，他也就把上下衣服脱得光光的，跳到水中去帮忙（我得提一句，这是阴历十二月）！

照风气，一个体面军官的随从，应有下列几样东西：一个奇异牌的手电灯，一枚金手表，一支匣子炮。且同上司一样，身上军服必异常整齐。手电灯用来照路，内地真少不了它。金手表则当军官发问："护兵，什么时候了？"就举起手看一看来回答。至于匣子炮，用处自然更多了。我那弟弟原是一个射击选手，每天出野外去，随时皆有目标啪地来那么一下。有时自己不动手，

---

① 溆浦：怀化市下辖县。位于湖南省西部，怀化市东北面，沅水中游。

必命令勤务兵试试看（他们每次出门至少得耗去半夹子弹）。但这小豹子既跟在我身边，带枪上路除了惹祸可以说毫无用处。我既不必防人刺杀，同时也无意打人一枪，故临行时我不让他佩枪，且要他把军服换上一套爱国呢中山服。解除了武装，看样子，他已完全不像个军人，只近于一个喜事好弄的中学生了。

我不曾经提到过，我这次回来，原是翻阅一本用人事组成的历史吗？当他跳下水去扛船时，我记起四年前他在上海与我同住的情形。当时我曾假想他过四年后能入大学一年级。现在呢，这个人却正同船上水手一样，为了帮水手忙扛船不动，又湿淋淋地攀着船舷爬上了船，捏定篙子向急水中乱打，且笑嘻嘻地大声喊嚷。我在船舱里静静地望着他，我心想：幸好我那荒唐打算有了岔儿，既不曾把他的身体用学校固定，也不曾把他的性灵用书本固定。这人一定要这样发展才像个人！他目前一切，比起住在城里大学校的大学生，开运动会时在场子中呐喊吆喝两声，饭后打打球，开学日集合好事同学通力合作折磨折磨新学生，派头可来得大多了。

等到船已挪动，水手皆上了船时，我喊他："祖送，祖送，唉唉，你不冷吗？快穿起你的衣来！"

他一面舞动手中那支篙子，一面却说："冷呀，我们在辰州前些日子还邀人泅过大河！"

到应吃午饭时,水手无空闲,船上烧水煮饭的事皆完全由他做。

把饭吃过后,想起临行时哥哥嘱咐他的话,要他详详细细地来告给我那一点把对手放翻时的"经验",以及事前事后的"感想"。"故事"上半天已说过了,我要明白的只是那些故事对于他本人的"意义"。我在他那种叙述上,我敢说我当真学了一门稀奇的功课。

他的坦白,他的口才,皆帮助我认识一个人一颗心在特殊环境下所有的式样。他虽一再犯罪却不应受何种惩罚。他并不比他的敌人如何强悍,不过只是能忍耐,知等待机会,且稍稍敏捷准确一点儿罢了。当他一个人被欺侮时,他并不即刻发动,他显得很老实、沉默,且常常和气地微笑。"大爷,你老哥要这样,还有什么话说?谁敢碰你老哥?请老哥海涵一点……"可是,一会儿,"小宝"嗖地抽出来,或是一板凳一柴块打去,这"老哥"在措手不及情形中,哽了一声便被他弄翻了。完事后必须跑的自然就一跑,不管是税卡,是营上,或是修械厂,到一个新地方,住在棚里闲着,有什么就吃什么,不吃也饿得起,一见别人做事,就赶快帮忙去做,用勤快溜刷引起头目的注意。直到补了名字,因此把生活又放在一个新的境遇新的门路上当作赌注押去。这个人打去打来总不离开军队,一点生存勇气的来源却亏得他家祖父是个为国殉职的游击。"将门之子"的意识，使他到任何境遇里皆能支撑能忍受。他知道游击同团长名分差不多，他希望做团长。他记得一句格言："万丈高楼平地起。"他因此永远能用起码名分在军队里混。

对于这个人的性格我不稀奇，因为这种性格从三厅屯垦军子弟中随处可以发现。我只稀奇他的命运。

小船到辰河著名的"箱子岩"上游一点，河面起了风，小船拉起一面风帆，在长潭中溜去。我正同他谈及那老游击在台湾与日本人作战殉职的遗事，且劝他此后忍耐一点，应把生命押在将来对外战争上，不宜于仅为小小事情轻生决斗。想要他明白私斗一则不算角色，二则妨碍事业。见他把头低下去，长长地叹了一口气，我以为所说的话有了点儿影响，心中觉得十分快乐。

经过一个江村时，有个跑差军人身穿军服斜背单刀正从一只方头渡船上过渡，一见我们的小船，装载极轻，走得很快，就喊我们停船，想搭便船上行。船上水手知道包船人的身份，就告给那军人，说不方便，不能停船。

赶差军人可不成，非要我们停船不可。说了些恐吓话，水手还是不理会。我正想告给水手要他收帆停船，让那个军人搭坐搭坐，谁知那军人性急火大，等不得停船，已大声辱骂起来了。小豹子原蹲在船舱里，这时方爬出去打招呼："弟兄，弟兄，对不起,请不要骂!我们船小,也得赶路。后面有船来,你搭后面那一只船吧。"

那一边看看船上是一个中学生样子人物,就说:"什么对不起,赶快停停!掌舵的,你不停船我×你的娘,到码头时我要用刀杀你这狗杂种!"

那个掌梢人正因为风紧帆饱,一面把帆绳拉着,一面就轻轻地回骂:"你杀我个鸡公,我怕你!"

小豹子却依然向那军人很和气地说:"弟兄,弟兄,你不要骂人!全是出门人,不要开口就骂人!"

"我要骂人怎么样,我骂你,我就骂你,你个小狗崽子,你到码头等我!"

我担心这口舌,便喊叫他:"祖送!"

小豹子被那军人折辱了,似乎记起我的劝告,一句话不说,摇摇头,默然钻进了船舱里。只自言自语地说:"开口就骂人,不停船就用刀吓人,真丢我们军人的丑。"

那时节跑差军人已从渡船上了岸,还沿河追着我们的小船大骂。

我说:"祖送,你同他说明白一下好些,他有公事我们有私事,同是队伍里的人,请他莫骂我们,莫追我们。"

"不讲道理让他去,不管他。他疑心这小船上有女人,以为我们怕他！"

小船挂帆走风，到底比岸上人快一些，一会儿，转过山岨时，那个军人就落后了。

小船停到××时，水手全上岸买菜去了，小豹子也上岸买菜去了，各人去了许久方回来。把晚饭吃过后，三个水手又说得上岸有点事，想离开船，小豹子说："你们怕那个横蛮兵士找来，怕什么？不要走，一切有我！这是大码头，有我们部队驻扎，凡事得讲个道理！"

几个船上人虽分辩，仍然一同匆匆上岸去了。

到了半夜水手们还不回来睡觉，我有点儿担心，小豹子只是笑。我说："几个人别叫那横蛮军人打了，祖送，你上去找找看！"

他好像很有把握笑着说："让他们去，莫理他们。他们上烟馆同大脚妇人吃荤烟去了，不会挨打。"

"我担心你同那兵士打架，惹了祸真麻烦我。"

他不说什么，只把手电灯照他手上的金表，大约因为表停了，轻轻地骂了两句野话。待到三个水手回转船上时，已半夜过了。

第二天一早，天还未大明，船还不开头，小豹子就在被中咕喽咕喽笑。我问他笑些什么，他说："我夜里做梦，居然被那横蛮军人打了一顿。"

我说:"梦由心造,明明白白是你昨天日里想打他,所以做梦就挨打。"

那小豹子睡眼迷蒙地说:"不是日里想打他,只是昨天煞黑时当真打了那家伙一顿!"

"当真吗?你不听我话,又闹乱子打架了吗?"

"哪里哪里,我不说同谁打什么架!"

"你自己承认的,我面前可说谎不得!你说谎我不要你跟我。"

他知道他露了口风,把话说走,就不再作声了,咕咕笑将起来。原来昨天上岸买菜时,他就在一个客店里找着了那军人,把那军人嘴巴打歪,并且差一点儿把那军人膀子也弄断了。我方明白他昨天上岸买菜去了许久的理由。

作于一九三四年

一个爱惜鼻子的朋友

民国十一年，湘西统治者陈渠珍，受了点"五四"余波的影响，并对于联省自治抱了幻想，在保靖地方办了个湘西十三县联合中学校，经费由各县分摊，学生由各县选送。那学校位置在城外一个小小山丘上，清澈透明的酉水，在西边绕山脚流去，滩声入耳，使人神气壮旺。对河有一带长岭，名野猪坡，高约七八里，局势雄强（翻岭有条官路可通永顺）。岭上土地丛林与洞穴，为烧山种田人同野兽大蛇所割据。一到晚上，虎豹就傍近种山田的人家来吃小猪，从小猪锐声叫喊里，还可知道虎豹跑去的方向（这大虫有时白天"昂"地一吼，夹河两岸山谷回声必响应许久）。种田人也常常拿了刀叉火器，以及种种家伙，往树林山洞中去寻觅，用绳网捕捉大蛇，用毒烟熏取野兽。岭上最多的是野猪，喜欢偷吃山田中的苞谷和白薯，为山中人真正的仇敌。正因为对付这个无限制的损害农作物的仇敌，岭上打锣击鼓猎野猪的事，也就成为一种常有的工作，一种常有的游戏了。学校前面有个大操场，后边同左侧皆为荒坟同林莽，白日里野狗成群结队在林莽中游行，或各自蹲坐在荒坟头上眺望野景，见人不惊不惧。天阴月黑的夜里，这畜生就把鼻子贴着地面长嗥，招呼同伴，掘挖新坟，争夺死尸咀嚼。与学校小山丘遥遥相对，相去不到半里路另一山丘中凹地，是当地驻军的修械厂，机轮轧轧声音终日不息，试枪处每天可听到机关枪迫击炮响声。新校舍的建筑，因为由军人监工，所有课堂宿舍的形式与布置，同营房差不多。学生所过的日子，也就有些同军营相近。学校中当差的用两班徒手兵士，校门守卫的用一排武装兵士，管厨房宿舍的全由部中军佐调用。在这种环境中陶冶的青年学生，将来的命运，不能够如一般中学生那么平安平凡，一看也就显然明白了。

当时那些青年中学生，除了星期日例假，可以到城里城外一条正街和小街上买点东西，或爬山下水玩玩，此外就不许无故外出。不读书时他们就在大操场里踢踢球，这游戏新鲜而且活泼，倒很适宜于一群野性中学生。过不久，这游戏且成为一种有传染性的风气，使军部里一些青年官佐也受传染影响了。学生虽不能出门，青年官佐却随时可以来校中赛球。大家又不需要什么规则，只是把一个球各处乱踢，因此参加的人也毫无限制。我那时节在营上并无固定职务，正寄食于一个表兄弟处，白日里常随同号兵过河边去吹号，晚上就蜷伏在军械处一堆旧棉军服上睡觉。有一次被人邀去学校踢球，跟着那些青年学生吼吼嚷嚷满场子奔跑，他们上课去了，我还一个人那么玩下去。学校初办，四周还无围墙只用有刺铁丝网拦住，什么人把球踢出了界外时，得请野地里看牛牧羊人把球抛过来，不然就得出校门绕路去拾球。自从我一做了这个学校踢球的清客后，爬铁丝网拾球的事便派归给我。我很高兴当着他们面前来做这件事，事虽并不怎么困难，不过那些学生却怕处罚，不敢如此放肆，我的行为于是成为英雄行为了。我因此认识了许多朋友。

朋友中有三个小同乡，一个姓杨，本城高视乡下地主的独生子。一个姓韩，我的旧上司的儿子（就是辰州府总爷巷第一支队司令部留守处那个派我每天钓蛤蟆下酒的老军官的儿子）。一个姓印，眼睛有点近视。他的父亲曾做过军部参谋长，因此在学校他俨然是个自由人。前两个人都很用心读书，姓印的可算得是个球迷。任何人邀他踢球，他必高兴奉陪，球离他不管多远，他总得赶去踢那么一脚。每到星期天，军营中有人往沿河下游四里的教练营大操场同学生玩球时，这个人也必参加热闹。大操场里极多牛粪，有一次同人争球，见牛粪也拼命一脚踢去，弄得另一个人全身一塌糊涂。这朋友眼睛不能辨别面前的皮球同牛粪，心地可雪亮透明。体力身材皆不如人，倒有个很好的脑子。玩虽玩得厉害，应月考时各种功课皆有极好成绩。性情诙谐而快乐，并且富于应变之才，因此全校一切正当活动少不了他，大家都亲昵地称呼他为"印瞎子",承认他的聪明,同时也断定他会"短命"。

每到有人说他寿命不永时,他便指定自己的鼻子:"大爷,别损我。我有这条鼻子,活到八十八,也无灾无难!"

有一次,几个人在一株大树下言志,讨论到各人将来的事业。姓杨的想办团防,因为做了团总就可以不受人敲诈,倒真是个地主的好打算。姓韩的想做副官长,原因是他爸爸也做过副官长,所谓承先人之业是也。还有想管"常平仓"的,想做县公署第一科长的,想做苗守备官下苗乡去称王做霸的,以及想做徐良、黄天霸,身穿夜行衣,反手接飞镖,以便打富济贫的。

有人询问那个近视眼,想知道他将来准备做什么。

他伸手出去对那个发问人打了个响榧子:"不要小看我印瞎子,我不像你他那么无出息。我要做个伟人!说大话不算数,你们等着瞧吧。看相的王半仙夸奖我这条鼻子是一条龙,赵匡胤黄袍加身,不儿戏!"他说了他的抱负后,转脸向我,用手指着他自己那条鼻子,有点众人不识英雄的神气,"大爷,你瞧,你说老实话,像我这样一条鼻子,送过当铺去,不是也可以当个一千八百吗?"

我忙笑着说:"值得值得!"但因为想起另外一件事,不由得大笑起来了。

另一时他同我过渡,预备往野猪坡大岭上去看乡下人新捕获的大豹子,手中无钱,不能给撑渡船的钱。船快拢岸时他就那么说:"划船的,伍子胥落难的故事你明白不明白?"

撑渡船的就说:"我明白!"

"你明白很好。你认准我这条鼻子,将来有你的好处。"

那弄船的好像知道是什么事了,却也指着自己鼻子说:"少爷,不带钱不要紧,你也认清我这鼻子!"

"我认得,我认得,不会忘记。这是朱砂鼻子,按相书说主酒食,你一天能喝多少?我下次同你来喝个大醉吧。"

弄船的大约也很得意自己那条鼻子,听人提到它便很妩媚地微笑了。那鼻子,直透红得像条刚从饭锅里捞出的香肠!

至于我当时的志向呢,因为就过去经验说来,我只能各处流转接受个人应得的一份命运,既无事业可做,还能希望什么好生活。不过我很明白"时间"这个东西十分古怪。一切人一切事都会在时间下被改变。当前的安排也许不大对,有了小小错处,我很愿意尽一份时间来把世界同世界上的人改造一下看看。我并不计划做苗官,又不能从鼻子眼睛上什么特点增加多少自信。我不看重鼻子,不相信命运,不承认目前形势,却尊敬时间。我不大在生活的得失上关心,却了然时间对这个世界同我个人的严重意义。我愿意好好地结结实实地来做一个人,可说不出将来我要做个什么样的人。因此一来，我当时也就算不得是个有志气的人。

民国十三年，川军熊克武率领二十万大军从湘西过境，保靖地方发生了一场混战，各种主要建设全受军事影响毁掉了，那个学校在我们撤退时也被一把火烧尽了。学生各自散走后，有的成了小学教员，有的从了军，有几个还干脆做了土匪，占山落草称大王，把家中童养媳接上山去圆亲充押寨夫人。我那时已到北京，从家信中得来一点点关于他们的消息，认为很自然也很有意思。时间正在改造一切，尽强健的爬起，尽懦怯的灭亡。我在这一份岁月中，变动得比那些小同乡还更厉害，他们做的事我毫不出奇，毫不惊讶。

到了民国十六年，革命军北伐攻下武汉后，两湖方面党的势力无处不被浸入。小县小城无不建立了党的组织，当地小学教员照例十分积极成为党的中坚分子。烧木偶，除迷信，领导小学生开会游行，对本地土豪劣绅刻薄商人主张严加惩罚，打庙里菩萨破除迷信，便是小县城党部重要工作。当地防军头目同县知事，处处事事受党的挟制，虽有实力却不敢随便说话。那个姓杨的同姓韩的朋友，适在本县做小学教员。两人在这个小小县城里，居然燃烧了自己的血液，在这一种莫名其妙的情形中，成了党的台柱。加上了个姓刘的特派员的支持，一切事都毫无顾忌，放手做去。工作的狂热，代为证明他们对这个问题认识得还如何天真。

必然的变化来了，各处清党运动相继而起。军事领袖得到了惩罚活动分子的密令，十分客气把两个人从课室中请去县里开会，刚到会场就宣布省里指示，剥了他们的衣服，派一排兵士簇拥出西门城外砍了。

那个近视眼朋友，北伐军刚到湖南，就入长沙党务学校受训练，到北伐军奠定武汉，长江下游军事也渐渐得手时，他也成为毛委员的小助手，身穿了一件破烂军服，每日跟随着委员各处跑去，日子过得充满了狂热与兴奋。他当真有意识在做候补"伟人"了。这朋友从卅×军政治部一个同乡处，知道我还困守在北京城，只是白日做梦，想用一支笔奋斗下去，打出个天下。就写了个信给我：

大爷，你真是条好汉！可是做好汉也有许多地方许多事业等着你，为什么尽捏紧那支笔？你记不记得起老朋友那条鼻子？不要再在北京城写什么小说，世界上已没有人再想看你那种小说了。到武汉来找老朋友，看看老朋友怎么过日子吧！你放心，想唱戏，一来就有你戏唱。从前我用脚踢牛屎，现在一切不同了，我可以踢许多许多东西了。……

他一定料想不到这一封信就差点儿把我踢入北京城的监狱里。收到这信后我被查公寓的宪警麻烦了四五次，询问了许多蠢话，抖气把那封信烧了。我当时信也不回他一个。我心想：你不妨依旧相信你那条鼻子，我也不妨仍然迷信我这一只手，等等看，过两年再说吧。不久宁汉左右分裂，清党事起，万个青年人就从此失了踪，不知道往什么地方去了。我在武汉一些好朋友，如顾千里、张采真……也从此在人间消失了。这个朋友的消息自然再也得不到了。

……

我听许多人说及北伐时代两湖青年对革命的狂热。我对于政治缺少应有理解，也并无有兴味，然而对于这种民族的狂热感情却怀着敬重与惊奇。这究竟是怎么回事？我愿意多知道一点点。估计到这种狂热虽用人血洗过了，被时间漂过了，现在回去看看，大致已看不出什么痕迹了。然而我还以为即或"人性善忘"，也许从一些人的欢乐或恐怖印象里，多多少少还可以发现一点对我说来还可说是极新的东西。回湖南时，因此抱了一种希望。

在长沙有五个同乡青年学生来找我，在常德时我又见着七个同乡青年学生，一谈话就知道这些人一面正被"杀人屠户"提倡的读经打拳政策所困惑，不知如何是好，一面且受几年来国内各种大报小报文坛消息所欺骗，都成了颓废不振猥琐庸俗的人物。一见我别的不说，就提出四十多个"文坛消息"要我代为证明真伪。都不打算到本身能为社会做什么，愿为社会做什么。对生存既毫无信仰，却对于三五稍稍知名或善于卖弄招摇的作家那么发生浓厚兴味。且皆想做"诗人"，随随便便写两首诗，以为就是一条出路。从这些人推测将来这个地方的命运，我俨然洞烛着这地方从人的心灵到每一件小事的糜烂与腐蚀。这些青年皆患精神上的营养不足，皆成了绵羊，皆怕鬼信神。一句话，全完了。……

过辰州时几个青年军官燃起了我另外一种希望。从他们的个别谈话中，我得到许多可贵的见识。他们没有信仰，更没有幻想，最缺少的还是那个精神方面的快乐。当前严重的事实紧紧束缚他们，军费不足，地方经济枯竭，环境尤其恶劣。他们明白自己在腐烂、分解，于我面前就毫不掩饰个人的苦闷。他们明白一切，却无力解决一切。然而他们的身体都很康健，那种本身覆灭的忧虑，会迫得他们去振作。他们虽无幻想，也许会在无路可走时接受一个幻想的指导。他们因为已明白习惯的统治方式要不得，机会若许可他们向前，这些人界于生存与灭亡之间，必知有所选择！不过这些人平时也看报看杂志，因此到时他们也会自杀，以为一切毫无希望，用颓废身心的狂嫖滥赌而自杀！……

我的旅行到了离终点还有一天路程的塔伏，住在一家桥头小客店里。洗了脚，天还未黑。店主人正告给我当地有多少人家，多少烟馆。忽然听得桥东人声吵杂，小队人马过后，接着是一乘京式三顶拐轿子。一行人等停顿在另外一家客店门前。我知道大约是什么委员，心中就希望这委员是个熟人，可以在这荒寒小地方谈谈。我正想派随从虎雏去问问委员是谁，料不到那个人一下轿，脸还不洗，就走来了。一个匣子炮护兵指定我说："您姓沈吗？局长来了！"我看到一个高个子瘦人，脸上精神饱满，戴了副玳瑁边近视眼镜，站在我面前，伸出两只瘦手来表示要握手的意思。我还不及开口，他就嚷着说："大爷，你不认识我，你一定不认识我，你看这个！"他指着鼻子哈哈大笑起来。

"你不是印瞎子？"

"大爷，印瞎子是我！"

我认识那条体面鼻子，原来真是他！我高兴极了。问起来我才明白他现在是乌宿地方的百货捐局长，这时节正押解捐款回城。未到这里以前，先已得到侦探报告，知道有个从北方来姓沈的人在前面，他就断定是我。一见当真是我，他的高兴可想而知。

我们一直谈到吃晚饭，饭后他说我们可以谈一个晚上，派护兵把他宝贵的烟具拿来。装置烟具的提篮异常精致，真可以说是件贵重美术品。烟具陈列妥当后，因为我对于烟具的赞美，他就告我这些东西的来源，那两支烟枪是贵州省主席李晓炎的，烟灯是川军将领汤子模的，烟匣是黔省军长王文华的，打火石是云南鸡足山……原来就是这些小东西，也各有历史或艺术价值，也是古董。至于提篮呢，还是贵州省一个烟帮首领特别定做送给局长的，试翻转篮底一看原来还很精巧地织得有几个字！问他为什么会玩这个，他就老老实实地说明，北伐以后他对于鼻子的信仰已失去，因为吸这个，方不至于被人认为那个，胡乱捉去那个这个的。说时他把一只手比拟在他自己颈项上，做出个咔嚓一刀的姿势，且摇头否认这个解决方法。他说他不是阿Q，不欢喜这种"热闹"。

我们于是在这一套名贵烟具旁谈了一整晚话，当真好像读了另外一本《天方夜谭》，一夜之间使我增长了许多知识，这些知识可谓稀有少见。

此后把话讨论到他身上那件玄狐袍子的价钱时，他甩起长袍一角，用手抚摸着那美丽皮毛说："大爷，这值三百六十块袁大头，好得很！人家说：'瞎子，瞎子，你年纪还不到三十岁，穿这样厚狐皮会烧坏你那把骨头。'好吧。烧得坏就让他烧坏吧。我这性命横顺是捡来的，不穿不吃做什么。能多活三十年，这三十年也算是我多赚的。"

我把这次旅行观察所得同他谈及，问他是不是也感觉到一种风雨欲来的预兆。而且问他既然明白当前的一切，对于那个明日必须如何安排？他就说军队里混不是个办法，占山落草也不是出路。他想写小说,想戒了烟,把这套有历史的宝贝烟具送给中央博物院,再跟我过上海混,同茅盾、老舍抢一下命运。他说他对于脑子还有点把握。只是对于自己那只手,倒有点怀疑,因为六年来除了举起烟枪对准火口,小楷字也不写一张了。

天亮后大家预备一同动身,我约他到城里时邀两个朋友过姓杨姓韩的坟上看看。他仿佛吃了一惊,赶忙退后一步:"大爷,你以为我戒了烟吗?家中老婆不许我戒烟。你真是……从京里来的人,简直是个京派,什么都不明白。入境问俗,你真是……"我明白他的意思。估计他到城里,也不敢独自来找我。我住在故乡三天,这个很可爱的朋友,果然不再同我见面。

作于一九三五年

一九四〇年一月二十一日校后二节。黄昏,天空淡白,山树如黛。微风摇曳尤加利树,如有所悟。

五月八日校正数处。脚甚肿痛,天闷热。

十月一日在昆明重校。时市区大轰炸,毁屋数百栋。

一九八〇年一月兆和校毕。

滕回生堂的今昔

我六岁左右时害了疳疾①,一张脸黄僵僵的,一出门身背后就有人喊"猴子,猴子"。回过头去搜寻时,人家就咧着白牙齿向我发笑。扑拢去打吧,人多得很。装作不曾听见吧,那与本地人的品德不相称。我很羞、很生气。家中外祖母听从佣妇、挑水人、卖炭人与隔邻轿行老妇人出主意,于是轮流要我吃热灰里焙过的"偷油婆""使君子",吞雷打枣子木的炭粉,黄纸符烧纸的灰渣,诸如此类药物,另外还逼我诱我吃了许多古怪东西。我虽然把这些很稀奇的丹方试了又试,蛔虫成绞成团地排出,病还是不得好,人还是不能够发胖。照习惯说来,凡为一切药物治不好的病,便同"命运"有关。家中有人想起了我的命运,当然不乐观。

关心我命运的父亲,特别请了一个卖卦算命土医生来为我推算流年,想法禳解命根上的灾星。这算命人把我生辰干支排定

———————
① 疳疾:指小儿脾胃虚弱,运化失常,以致干枯羸瘦的疾患。

后，就向我父亲建议："大人，把少爷拜给一个吃四方饭的人做干儿子，每天要他吃习皮草蒸鸡肝，有半年包你病好。病不好，把我回生堂牌子甩了丢到大河潭里去！"

父亲既是个军人，毫不迟疑地回答说："好，就照你说的办。不用找别人，今天日子好，你留在这里喝酒，我们打了干亲家吧。"

两个爽快单纯的人既同在一处，我的命运便被他们派定了。

一个人若不明白我那地方的风俗，对于我父亲的慷慨处会觉得稀奇。其实这算命的当时若说："大人，把少爷拜寄给城外碉堡旁大冬青树吧。"我父亲还是会照办的。一株树或一片古怪石头，收容三五十个寄儿，照本地风俗习惯，原是件极平常事情。且有人拜寄牛栏拜寄井水的，人神同处日子竟过得十分调和，毫无龃龉。

我那干爹除了算命卖卜以外，原来还是个出名草头医生，又是个拳棒家。尖嘴尖脸如猴子，一双黄眼睛炯炯放光，身材虽极矮小，实可谓心雄万夫。他把铺子开设在一城热闹中心的东门桥头上，字号名"滕回生堂"。那长桥两旁一共有二十四间铺子，其中四间正当桥垛墩，比较宽敞，许多年以前，他就占了有垛墩的一间。住处分前后两进，前面是药铺，后面住家。铺子中罗列有羚羊角、穿山甲、马蜂巢、猴头、虎骨、牛黄、狗宝，无一不备。最多的还是那几百种草药，成束成把的草根木皮，堆积如山，一屋中也就长年为草药蒸发的香味所笼罩。

铺子里间房子窗口临河，可以俯瞰河里来回的柴炭船、米船、甘蔗船。河身下游约半里，有了转折，因此迎面对窗便是一座高山。那山头春夏之际作绿色，秋天作黄色，冬天则为烟雾包裹时作蓝色，为雪遮盖时只一片炫目白色。屋角隅陈列了各种武器，有青龙偃月刀、齐眉棍、连枷、钉耙。此外还有一个似桶非桶似盆非盆的东西，原来这是我那干爹年轻时节习站功所用的宝贝。他学习拉弓，想把腿脚姿势弄好，每个晚上蜷伏到那木桶里去熬夜。想增加气力，每早从桶中爬出时还得吃一条黄鳝的鲜血。站了木桶两整年，吃了黄鳝数百条，临到应考时，却被一个习武的仇人摘发他身份不明，取消了考试资格。他因此抖气离开了家乡，来到武士荟萃的凤凰县卖卜行医。为人既爽直慷慨，且能喝酒划拳，极得人缘，生涯也就不恶。做了医生尚舍不得把那个木桶丢开，可想见他还不能对那宝贝忘情。

他家中有个太太，两个儿子。太太大约一年中有半年都把手从大袖筒缩到衣里去，藏了一个小火笼在衣里烘烤，眯着眼坐在药材中，简直是一只大猫。两个儿子大的学习料理铺子，小的上学读书。两老夫妇住在屋顶，两个儿子住在屋下层桥墩上。地方虽不宽绰，那里也用木板夹好，有小窗小门，不透风，光线且异常良好。桥墩尖劈形处，石罅里有一架老葡萄树，得天独厚，每年皆可结许多球葡萄。另外还有一些小瓦盆，种了牛膝、三七、铁钉台、隔山消等草药。尤其古怪的是一种名为"罂粟"的草花，还是从云南带来的，开着艳丽煜目的红花，花谢后枝头缀绿色果子，果子里据说就有鸦片烟。

当时一城人谁也不见过这种东西，因此常常有人老远跑来参观。当地一个拔贡还做了两首七律诗，赞咏那个稀奇少见的植物，把诗贴到回生堂武器陈列室板壁上。

桥墩离水面高约四丈，下游即为一潭，潭里多鲤鱼鳜鱼，两兄弟把长绳系个钓钩，挂上一片肉，夜里垂放到水中去，第二天拉起就常常可以得一尾大鱼。但我那干爹却不许他们如此钓鱼，以为那么取巧，不是一个男子汉所当为。虽然那么骂儿子，有时把钓来的鱼不问死活依然扔到河里去，有时也会把鱼煎好来款待客人。他常奖励两个儿子过教场去同兵将子弟寻衅打架，大儿子常常被人打得头破血流回来时，做父亲的一面为他敷那秘制药粉，一面就说："不要紧，不要紧，三天就好了。你怎么不照我教你那个方法把那苗子放倒？"说时有点生气了，就在儿子额角上一弹，加上一点惩罚，看他那神气，就可明白站木桶考武秀才被屈，报仇雪耻的意识还存在。

我得了这样一个干爹，我的命运自然也就添了一个注脚，便是"吃药"了。我从他那儿大致尝了一百样以上的草药。假若我此后当真能够长生不老,一定便是那时吃药的结果。我倒应当感谢我那个命运,从一份吃药经验里,因此分别得出许多草药的味道、性质以及它们的形状。且引起了我此后对于辨别草木的兴味。其次是我吃了两年多鸡肝。这一堆药材同鸡肝,显然对于此后我的体质同性情都大有影响。

那桥上有洋广杂货店,有猪牛羊屠户案桌,有炮仗铺与成衣铺,有理发馆,有布号与盐号。我既有机会常常到回生堂去看病,也就可以同一切小铺子发生关系。我很满意那个桥头,那是一个社会的雏形,从那方面我明白了各种行业,认识了各样人物。凸了个大肚子胡须满腮的屠户,站在案桌边,扬起大斧"嚓"地一砍,把肉剁下后随便一称,就猛向人菜篮中掼去,"镇关西"式人物,那神气真够神气。平时以为这人一定极其凶横蛮霸,谁知他每天拿了猪脊髓到回生堂来喝酒时,竟是个异常和气的家伙!其余如剃头的、缝衣的,我同他们认识以后,看他们工作,听他们说些故事新闻,也无一不是很有意思。我在那儿真学了不少东西,知道了不少事情。所学所知比从私塾里得来的书本知识当然有趣得多,也有用得多。

那些铺子一到端午时节,就如我写《边城》故事那个情形,河下竞渡龙船,从桥洞下来回过身时,桥上有人用叉子挂了小百子鞭炮悬出吊脚楼，噼噼啪啪地响着。夏天河中涨了水，一看上游流下了一只空船、一匹牲畜、一段树木，这些小商人为了好义或好利的原因，必争着很勇敢地从窗口跃下，凫水去追赶那些东西。不管漂流多远，总得把那东西救出。关于救人的事，我那干爹总不落人后。

他只想亲手打一只老虎，但得不到机会。他说他会点穴，但从不见他点过谁的穴。一口典型的麻阳话，开口总给人一种明朗愉快印象。

民国二十二年旧历十二月十九，距我同那座大桥分别时将近十八年，我又回到了那个桥头了。这是我的故乡，我的学校，试想想，我当时心中怎样激动！离城二十里外我就见着了那条小河。傍着小河溯流而上，沿河绵亘数里的竹林，发蓝叠翠的山峰，白白阳光下造纸坊与制糖坊，水磨与水车，这些东西皆使我感动得厉害！后来在一个石头碉堡下，我还看到一个穿号褂的团丁[①]，送了个头裹孝布的青年妇人过身。那黑脸小嘴高鼻梁青年妇人，使我想起我写的《凤子》故事中角色。她没有开口唱歌，然而一看却知道这妇人的灵魂是用歌声喂养长大的。我已来到我故事中的空气里了，我有点儿痴。环境空气，我似乎十分熟悉，事

[①] 团丁：旧时壮丁，归团防机构管辖。

实上一切都已十分陌生!

见大桥时约在下午两点左右,正是市面最热闹时节。我从一群苗人一群乡下人中拥挤上了大桥,各处搜寻没有发现"滕回生堂"的牌号。回转家中我并不提起这件事。第二天一早,我得了出门的机会,就又跑到桥上去,排家注意,终于在桥头南端,被我发现了一家小铺子。铺子中堆满了各样杂货。货物中坐定了一个瘦小如猴干瘪瘪的中年人。从那双眯得极细的小眼睛,我记起了我那个干妈。这不是我那干哥哥是谁?

我冲近他身边时,那人就说:"唉,你要什么?"

"我要问你一个人、一件事,你是不是松林?"

里间屋孩子哭起来了,顺眼望去,杂货堆里那个圆形大木桶里,正睡了一对大小相等仿佛孪生的孩子。我万万想不到圆木桶还有这种用处,我话也说不来了。

但到后我告给他我是谁,他把小眼睛愣着瞅了我许久,一切弄明白后,便慌张得只是搓手撂舌头,赶忙让我坐到一捆麻上去。

"是你!是茂林!⋯⋯""茂林"是我干爹为我起的名字。

我说:"大哥,正是我!我回来了!老人家呢?"

"五年前早过世了!"

"嫂嫂呢？"

"六月里过去了！剩下两只小狗。"

"保林二哥呢？"

"他在辰州，你不见到他？他做了王村禁烟局长，有出息，讨了个乖巧屋里人，乡下买得三十亩田，做员外！"

我各处一看，卦桌不见了，横招不见了，触目全是草药。"你不算命了吗？"

"命在这个人手上，"他说时翘起一个大拇指，"这里人已没有命可算！"

"你不卖药了吗？"

"城里有四个官药铺，三个洋药铺。苗人都进了城，卖草药人多得很，生意不好做！"

他虽说不卖药了，小屋子里其实还有许多成束成捆的草药。而且恰好这时就有个兵士来买专治腹痛的"一点白"。把药找出给人后，他只捏着那两枚当一百的铜元，向我呆呆地笑。大约来买药的也不多了，我来此给他开了一个利市。

他一面茫然地这样那样数着老话，一面还尽瞅着我。忽然发问："你从北京来南京来？"

"我在北京做事！"

"做什么事？在中央，在宣统皇帝手下？"

我就告他既不在中央，也不是宣统手下。他只作成相信不过的神气，点着头，且极力退避到屋角隅去，俨然为了安全非如此不成。他心中一定有一个新名词作祟，你可是个共产党？他想问却不敢开口，他怕事。他只轻轻地自言自语说："城内前年杀了两个，一刀一个。那个卦安世是卦老丙的儿子。"

有人来购买烟签，他便指点人到对面铺子去买。我问他这桥上铺子为什么都改成了住家户。他就告我，这桥上一共有十家烟馆，十家烟馆里还有三家可以买黄吗啡。此外又还有五家卖烟具的杂货铺。

一出铺子到城边时，我就碰一个烟帮过身。两连护送兵各背了本地制最新半自动步枪，人马成一个长长队伍，共约三百二十余担黑货，全是从贵州来的。

我原本预备第二天过河边为这长桥摄一个影留个纪念，一看到桥墩，想起十七年前那钵罂粟花，且同时想起目前那十家烟馆五家烟具店，这桥头的今昔情形，把我照相的勇气同兴味全失去了。

一九三四年十二月作

废邮存底

小草与浮萍

　　小萍儿被风吹着停止在一个陌生的岸旁。他打着旋身睁起两个小眼睛察看这新天地。他想认识他现在停泊的地方究竟还同不同以前住过的那种不惬意的地方。他还想：

　　——这也许便是诗人告给我们的那个虹的国度里！

　　自然这是非常容易解决的事！他立时就知道所猜的是失望了。他并不见什么玫瑰色的云朵，也不见什么金刚石的小星。既不见到一个生银白翅膀，而翅膀尖端还蘸上天空明蓝色的小仙人，更不见一个坐在蝴蝶背上，用花瓣上露颗当酒喝的真宰。他看见的世界，依然是骚动骚动像一盆泥鳅那么不绝地无意识骚动的世界。天空苍白灰颓同一个病死的囚犯脸子一样，使他不敢再昂起头去第二次注视。

　　他真要哭了！他于是唱着歌安顿自己凄惶的心情：

　　侬是失家人，萍身伤无寄。江湖多风雪，频送侬来去。

　　风雪送侬去，又送侬归来；不敢识旧途，恐乱侬行迹……

　　他很相信他的歌唱出后，能够换取别人一些眼泪来。在过去的时代波光中，有一只折了翅膀的蝴蝶堕在草间，寻找不着它的相恋者，曾在他面前流过一次眼泪，此外，再没有第二回同样的事情了！这时忽然有个突如其来的声音止住了他："小萍儿，漫伤嗟！同样漂泊有杨花。"

这声音既温和又清婉，正像春风吹到他肩背时一样，是一种同情的爱抚。他很觉得惊异，他想：

——这是谁？为甚认识我？莫非就是那只许久不通消息的小小蝴蝶吧？或者杨花是她的女儿……

但当他抬起含有晶莹泪珠的眼睛四处探望时，却不见一个小生物。他忙提高嗓子："喂！朋友，你是谁？你在什么地方说话？"

"朋友，你寻不到我吧？我不是那些伟大的东西！虽然我心在我自己看来并不很小，但实在的身子却同你不差什么。你把你视线放低一点，就看见我了。……是，是，再低一点……对了！"

他随着这声音才从路坎上一间玻璃房子旁发见一株小草。她穿件旧到将褪色了的绿衣裳。看样子，是可以做一个朋友的。当小萍儿眼睛转到身上时，她含笑说："朋友，我听你唱歌，很好。什么伤心事使你唱出这样调子？倘若你认为你够得上做你一个朋友，我愿意你把你所有的痛苦细细地同我讲讲。我们是同在这靠着做一点梦来填补痛苦的寂寞旅途上走着呢！"

小萍儿又哭了，因为用这样温和口气同他说话的，他还是初次入耳呢。

他于是把他往时常同月亮诉说而月亮却不理他的一些伤心事都一一同小草说了。他接着又问她是怎样过活。

"我吗？同你似乎不同了一点。但我也不是少小就生长在这里的。我的家我还记着：从不见到什么冷得打战的大雪，也不见什么吹得头痛的大风，也不像这里那么空气干燥，时时感到口渴——总之，比这好多了。幸好，我有机会傍在这温室边旁居住，不然，比你还许不如！"

他曾听过别的相识者说过，温室是一个很奇怪的东西。凡是在温室中打住的，不知道什么叫作季节，永远过着春天的生活。虽然是残秋将尽的天气，碧桃同樱花一类东西还会恣情地开放。这之间，卑卑不足道的虎耳草也能开出美丽动人的花朵，最无气节的石菖蒲也会变成异样的壮大。但他却还始终没有亲眼见到过温室是什么样子。

"呵！你是在温室旁住着的，我请你不要笑我浅陋可怜，我还不知道温室是怎么样一种地方呢。"

从他这问话中，可以见他略略有点羡慕的神气。

"你不知道却是一桩很好的事情。并不巧，我——"

他又抢着问："朋友，我听说温室是长年四季过着春天生活的！为甚你又这般憔悴？你莫非是闹着失恋的一类事吧？"

"一言难尽！"小草叹了一口气。歇了一阵，她像在脑子里搜索得什么似的，接着又说，"这话说来又长了。你若不嫌烦，我可以从头一二告你。我先前正是像你们所猜想的那么愉快，每日里同一些姑娘们少年们有说有笑地过日子。什么跳舞会啦，牡丹与芍药结婚啦……你看我这样子虽不怎么漂亮，但筵席上少了我她们是不欢的。有一次，真的春天到了，跑来了一位诗人。她们都说他是诗人，我看他那样子，同不会唱歌的少年并没有什么不同。我一见他那尖瘦有毛的脸嘴，就不高兴。嘴巴尖瘦并不是什么奇怪事，但他却尖得格外讨厌。又是长长的眉毛，又是崭新的绿森森的衣裳，又是清亮的嗓子，直惹得那一群不顾羞耻的轻薄骨头发癫！就中尤其是小桃——"

"那不是莺哥大诗人吗？"他照她所说的那诗人形状着想，以为必定是会唱赞美诗的莺哥了。但穿绿衣裳又会唱歌的却很多，因此又这样问。

"嘘！诗人？单是口齿伶便一点，简直一个儇薄儿罢了！我分明看到他弃了他居停的女人，飞到园角落同海棠偷偷地去接吻。"

——她所说的话无非是不满意于那位漂亮诗人。小萍儿想：

或者她对于这诗人有点妒意吧!

但他不好意思将这疑问质之于小草,他们不过是新交。他只问:"那么,她们都为那诗人轻薄了!"

"不。还有——"

"还有谁?"

"还有玫瑰。我虽然是常常含着笑听那尖嘴无聊的诗人唱情歌,但当他嬉皮涎脸地飞到她身边,想在那鲜嫩小嘴唇上接一个吻时,她却给他狠狠地刺了一下。"

"以后——你?"

"你是不是问我以后怎么又不到温室中了吗?我本来是可以在那里住身的。因为秋的饯行筵席上,大众约同开一个跳舞会,我这好动的心思,又跑去参加了。在这当中,大家都觉到有点惨沮,虽然是明知春天终不会永久消逝。"

"诗人呢?"

"诗人早不知到什么地方去了。有些姐妹们也想,因为无人唱诗,所以弄得满席抑郁不欢。不久就从别处请了一位小小跛脚诗人来。他小得可怜,身上还不到一粒白果那么大。穿一件黑油绸短袄子,行路一跳一跳——"

"那是蟋蟀吧?"其实小萍儿并不与蟋蟀认识,不过这名字对他很熟罢了!

"对。他名字后来我才知道是叫蟋蟀。那你大概是与他认识了！他真会唱。他的歌能感动一切，虽然调子很简单。——我所以不到温室中过冬，愿到这外面同一些不幸者为风雪暴虐下的牺牲者一道，就是为他的歌所感动呢。——看他样子那么渺小，真不值得用正眼刷一下。但第一句歌声唱出时，她们的眼泪便一起为他挤出来了！他唱的是'萧条异代不同时'。这本是一句旧诗，但请想，这样一个饯行的筵席上，这种诗句如何不敲动她们的心呢？就中尤其感到伤心的是那位密司柳。她原是那绿衣诗人的旧居停。想着当日'临流顾影，婀娜丰姿'，真足难过！到后又唱到'姣艳芳姿人阿谀，断枝残梗人遗弃……'把密司荷又弄得号啕大哭了。……还有许多好句子，可惜我不能一一记下。到后跛脚诗人便在我这里住下了。我们因为时常谈话，才知道他原也是流浪性成了随遇而安的脾气。——"

他想，这样诗人倒可以认识认识，就问："现在呢？"

"他因性子不大安定，不久就又走了！"

小萍儿听到他朋友的答复，怃然若有所失，好久好久不作声。他末后又问她唱的"小萍儿，漫伤嗟，同样漂泊有杨花！"那首歌是什么人教给她的时，小草却掉过头去，羞涩地说，就是那跛脚诗人。

一九二五年二月十四日作

一封未曾付邮的信

阴郁模样的从文，目送二掌柜出房以后，用两只瘦而小的手撑住了下巴，把两个手拐子搁在桌子上去，"唉！无意义的人生——可诅咒的人生！"伤心极了，两个陷了进去的眼孔内，热的泪只是朝外滚。

"再无办法，伙食可开不成了！"二掌柜的话很使他十分难堪，但他并不以为二掌柜对他是侮辱与无理。他知道，一个开公寓的人，如果住上了三个以上像他这样的客人，公寓中受的影响，是能够陷于关门的地位的。他只伤心自己的命运。

"我不能奋斗去生，未必连爽爽快快去结果了自己也不能吧？"一个不良的思绪时时抓着他心。

生的欲望，似乎是一件美丽东西——也许是未来的美丽的梦，在他面前不住地晃来晃去，于是，他又握起笔来写他的信了。他要在这最后一次决定自己的命运。

先生：

在你看我信以前，我先在这里向你道歉，请原谅我！

一个人，平白无故向别一个陌生人写出许多无味的话语，妨碍了别人正经事情；有时候，还得给人以不愉快，我知道，这是一桩很不对的行为。不过，我为求生，除了这个似乎已无第二个途径了！所以我不怕别人讨嫌，依然写了这信。

先生对这事，若是懒于去理会，我觉得并不什么要紧。我希望能够像在夏天大雨中，见到一个大水泡为第二雨点破灭了一般不措意。

我很为难。因为我并不曾读过什么书，不知道如何来说明我的为人以及对于先生的希望。

我是一个失业人——不，我并不失业，我简直是无业人！我无家，我是浪人——我在十三岁以前就成了一个无家可归的人了。过去的六年，我只是这里那里无目的地流浪。

我坐在这不可收拾的破烂命运之身上，竟想不出办法去找一个一年以上的固定生活。我成了一张小而无根的浮萍；风是如何吹——风的去处，便是我的去处。湖南、四川，到处飘，我如今竟又飘到这死沉沉的沙漠北京了。

经验告我是如何不适于徒坐[①]。我便想法去寻觅相当的工作，我到一些同乡们跟前去陈述我的愿望，我到各小工场去询问，我又各处照这个样子写了好多封信去，表明我的愿望是如

---

① 徒坐：无事闲坐。

何低而容易满足。可是,总是失望!生活正同弃我而去的女人一样,无论我是如何设法去与她接近,到头终于失败。

一个陌生少年,在这茫茫人海中,更何处去寻找同情与爱?我怀疑,这是我方法的不适当。

人类的同情,是轮不到我头上了。但我并不怨人们待我苛刻。我知道,在这个扰攘争逐世界里,别人并不须对他人尽什么应当尽的义务。

生活之绳,看看是要把我扼死了!我竟无法去解除。

我希望在先生面前充一个仆欧。我只要生!我不管任何生活都满意!我愿意用我手与脑终日劳作,来换取每日最低限度的生活费。我愿……我请先生为我寻一生活法。

我以为:"能用笔写他心同情于不幸者的人,不会拒绝这样一个小孩子。"这愚陋可笑的见解,增加了我执笔的勇气。

我住处是×××××,倘若先生回复我这小小愿望时。

……

愿先生康健!

"伙计!伙计!"他把信写好了,叫伙计付邮。

"什么?——有什么事?"在他喊了六七声以后,才听到一个懒懒的应声。从这声中,可以见到一点不愿理会的轻蔑与骄态。

他生出一点火气来了。但他知道这时发脾气，对事情没有好处，且简直是有害的，便依然按捺着性子，和和气气地喊："来呀，有事！"

一个青脸庞二掌柜兼伙计，气呼呼地立在他面前。他准备把信放进刚写好的封套里，"请你发一下！……本京一分……三个子儿就得了！"

"没得邮花怎么发？……是的，就是一分，也没有！——你不看早上洋火、夜里的油是怎么来的！"

"一个子没有如何发？——哪里去借？"

"……"

"谁扯谎？——那无法……"

"那算了吧。"他实在不能再看二掌柜难看的青色脸了，打发了他出去。

窗子外面，一声小小冷笑送到他耳朵边来。

他同疯狂一样，全身战栗，粗暴地从桌上取过信来，一撕两半。那两张信纸，轻轻地掉了下地，他并不去注意，只将两个半边信封，叠做一处，又是一撕，向字篓中尽力地掼去。

一九二四年十二月中旬作

原载一九二四年十二月二十二日《晨报副刊》

遥 夜

一

我似乎不能上这高而危的石桥，不知是哪一个长辈曾像用嘴巴贴着我耳朵这样说过："爬得高，跌得重！"究竟这句话出自什么地方，我实不知道。

石桥美丽极了。我不曾看过大理石，但这时我一望便知道除了大理石以外再没有什么石头可以造成这样一座又高大、又庄严、又美丽的桥了！这桥搭在一条深而窄的溪涧上，桥两头都有许多石磴子；上去的那一边石磴是平斜好走的，下去的那边却陡峻笔直。我不知不觉就上到桥顶了。我很小心地扶着那用黑色明角质做成的空花栏杆向下望，啊，可不把我吓死了！三十丈，也许还不止。下面溪水大概涸了，看着有无数用为筑桥剩下的大而笨的白色石块，懒懒散散睡了一溪沟。石罅里，小而活泼的细流在那里跳舞一般地走着唱着。

我又仰了头去望空中，天是蓝的，蓝得怕人！真怪事！为甚这样蓝色天空会跳出许许多多同小电灯一样的五色小星星来？它们满天跑着，我眼睛被它的光芒闪花了。

这是什么世界呢？这地方莫非就是通常人们说的天宫一类的处所吧？我想要找一个在此居住的人问问，可是尽眼力向各方望去，除了些葱绿参天的树木，柳木根下一些嫩白色水仙花在小剑般淡绿色叶中露出圆脸外，连一个小生物——小到麻雀一类东西也不见！……或是过于寒冷了吧！不错，这地方是有清冷冷的微风，我在战栗。

但是这风是我很愿意接近的，我心里所有的委屈当第一次感受到风时便通给吹掉了！我这时绝不会想到二十年来许多不快的事情。

我似乎很满足，但并不像往日正当肚中感到空虚时忽然得到一片满涂果子酱的烤面包那么满足，也不是像在月前一个无钱早晨不能到图书馆去取暖时，忽然从小背心第三口袋里寻出一枚两角钱币那么快意，我简直并不是身心的快适，因为这是我灵魂遨游于虹的国，而且灵魂也为这调和的伟大世界溶解了！

——我忘了买我重游的预约了，这是如何令人怅惘而伤心的事！

二

当我站在靠墙一株洋槐背后，偷偷地展开了心的网幕接受那银筝般歌声时，我忘了这是梦里。

她是如何的可爱，我虽不曾认识她的面孔便知道了。她是又标致、又温柔、又美丽的一个女人，人间的美，女性的美，她都一人占有了。她必是穿着淡紫色的旗袍，她的头发必是漆黑有光……我从她那拂过我耳朵的微笑声，攒进我心里的清歌声，可以断定我是猜想得一点不错。

她的歌是生着一对银白薄纱般翅膀的；不只能跑到此时同她在一块用一块或两三块洋钱买她歌声的那俗恶男子心中去，并且也跑进那个在洋槐背后胆小腼腆的孩子心里去了！……也许还能跑到这时天上小月儿照着的一切人们心里，借着这清冷有秋意夹上些稻香的微风。

歌声停了。这显然是一种身体上的故障，并非曲的终止。我依然靠着洋槐，用耳与心极力搜索从白花窗幕内漏出的那种继歌声以后而起的寒窣。

"口很……！"这是一种多么悦耳的咳嗽！可怜啊！这明是小喉咙倦于紧张后一种娇惰表示。想着承受这娇惰表示以后那一瞬的那个俗恶厌物，心中真似乎有许多小小花针在刺。但我并不即因此而跑开,骄傲心终战不过妒忌心呢。

"再唱个吧!小鸟儿。"像老鸟叫的男子声撞入我耳朵。这声音正是又粗暴又残忍惯于用命令式使对方服从他的金钱的玩客口中说的。我的天!这是对于一个女子,而且是这样可爱可怜的女子应说的吗?她那银筝般歌声就值不得用一点温柔语气来恳求吗?一块两三块洋钱把她自由尊贵践踏了,该死的东西!可恶的男子!

她似乎又在唱了!这时歌声比先前的好像生涩了一点,而且在每个字里,每一句里,以及尾音,都带了哭音;这哭音很易发现。继续的歌声中,杂着那男子满意高兴奏拍的掌声;歌如下:

可怜的小鸟儿啊!

你不必再歌了吧!

你歌咏的梦已不会再实现了。

一切都死了!

一切都同时间死去了!

使你伤心的月姐姐披了大氅,

不会为你歌声而甩去了,

同你目语的星星已嫁人了,

玫瑰花已憔悴了——为了失恋,

水仙花已枯萎了——为了失恋。

可怜的鸟儿啊！

你不必——请你不必再歌了吧！

我心中的温暖，

为你歌取尽了！

可怜的鸟儿啊！

为月，为星，为玫瑰，为水仙，为我，为一切，为爱而莫再歌了吧！

我实在无勇气继续听下去了。我心中刚才随歌声得来一点春风般暖气，已被她以后歌声追讨去了！我知道果真再听下去，定要强取我一汪眼泪去答复她的歌意。

我立刻背了那用白花窗幔幕着的窗口走去，渺渺茫茫见不到一丝光明。心中的悲哀，依然挤了两颗热泪到眼睛前来……

被角的湿冷使我惊醒，歌声还在心的深处长颤。

一九二四年圣诞节后一日北京作

原载一九二五年一月十九日《晨报副刊》

三

即或是没有这些砰砰訇訇的炮声将我脆弱的灵魂摇撼，我依然也不能睡觉啊！想着这时的九二姑娘知是怎样，她也许孤零的一人，正在那阴阴沉沉的囚笼般小房中，暗淡灯光下，抽抽咽咽地将伊伤心眼泪,滴放在我给伊那张丝笺上!她也许正为伊那归依者搂在怀里,而勉强装出笑容,让那带有酒气的嘴巴,在伊颊上连吻!她也许因伤心极了,哭倦了,而熟睡了!她也会想念着过去的那一瞥,而怅惘大哭吧?

我不知觉间,又把汗衫袋内伊那两张折皱了的信纸取出了。我知道这上面有伊银箫般声音,有伊玫瑰般微笑!我用口吻了又用眼泪来浸湿。

伊匆匆忙忙地走去,便向人海中消失了!伊的遗物,怕除了我颊间保留着温馨的吻,与镂在心版上温柔微笑的淡影外,便只是这两张从一册练习簿上扎下来,背着"伊的他",战战栗栗用铅笔写把我的信了!

伊说:是无期徒刑的人,永无自由之期,永无……在这当中,谁能救拔她?伊又说虽用力冲过了礼教墙垣,然而如今在自己耕耘的园地里,发生了许多荆棘却不能再想法拔去;伊又说欲读书却被事势所牵制,在近来,即外出亦非容易;伊又说伊的他是怎样对伊处处施以难堪压迫;伊末了还说不愿意我爱伊,爱伊实反伤伊心,而且处到此种情景下,两者都有不幸。

伊虽知道别人是用诱骗手段把伊成为占有物,但不能得家庭与社会的谅解;伊虽知道自己应负责继续生活下去,但伊毛羽已为伊的他剪去……伊结果只怨命。

伊如今正为着"命"将倩影又向人海中消失了！

啊！亲爱的可怜的姑娘！你承认是"命"，何必又定要在你临走那头一晚上，将你那又甜又苦的热泪，流放在一个孩子的脸上来呢？你要我不必爱你，那么，你也应不须爱我……我真惭愧，不能用力来援助你；你不会于这时怨我吧？我想，你对你可怜的弟弟，或不至有丝毫憎恨！你知道你可怜的弟弟，是怎样到这喧扰纷争的世界上，不为人齿，孤独畸零地活着！

你走了，把我交付你，请你用爱丝织成网，紧紧包裹着那颗冰冷的、灰色的、不完整的小心也带着跑了！这是你的胜利，但是，我呢？空空洞洞的我，怎么来生下去？……是！我的心如今依然还是在我胸腔里，但你已把它揉碎了，你已把它啮去一角了！

狠心的姑娘！我还记着在你动身以前给你那信——

……姑娘！将你那珍珠般眼泪尽量地随意流吧！不要吝惜。我愿它为我把所受的冷酷侮辱洗去，我愿它把我溺死。

不错！我曾小孩般倒在你怀里大哭，在那寂寥冷清的公园中。我怎么不这样怅然惘然，当你那小小嘴唇第一次在一个孩子瘦频上为爱的洗礼时，它抚摸遍了我旧痛新创。

你说他们眼睛是一堵墙，阻隔了我俩；他们眼睛是一双剑，寒光逼住了我俩——我不能爱你，你不敢爱我！但是，你那丰腴柔嫩的小颊,终于昨天到我庞儿上了,他们,无聊的他们,算得什么东西?

……

这时,我要在一些刻薄、冷酷、毒恶,无意思的监视下,不措意似的,把窗幔甩去,承受你那近身时温柔的一瞥,已不可得了!我要冒着刮面寒风,跑到社稷坛①左右,寻找那合并映在银白色月光下的两个黑影,已不能够了!即或伤心身世,再不会有人来为我揾拭眼角余泪!再不会有人来偎着脸慰藉我了!……再不会有人来劝我珍重为忧伤而憔悴的身子了!

我向哪里去找我那失去了的心的碎片?……的确,除非梦里,除非梦里;但是,梦又是怎么一种不可凭靠的东西!

姑娘!可爱而又可怜的姑娘啊!请你放老实点,依然用你那柔荑,轻轻地轻轻抚着我头上的长发,我要在你那浅浅微涡的颊边吻到醒后;倘若是梦能有凭。

一九二四年除夕

原载一九二五年二月三日《晨报副刊》

四

在别人如狂如醉的欢喜热闹中我伴着寂寞居然也把这年节挨

---

① 社稷坛:今北京中山公园。

过了。从昨天到街头无目的闲跶买来的一张晚报上,我才知道如今已是初五。时光老人好匆忙的脚步!

为着无聊,同六与十弟在厂甸潮水般的人众中挤了一身臭汗。在我前后的无量数男男女女——有身上红红绿绿如花似玉为施爱而来的青年女人,有脑满肠肥举动迟钝的绅士,有服饰华丽为求女人青盼的儇薄少年,有……他们她们都高兴到一百二十分似的:肩挨肩,背靠背,在那里慢慢移动。平日无人行走的公园这时正像一个大盆,满着上一盆泥鳅。也许她们他们在此盆中同时发现了一种或多种极有意思的玩意儿,足以开心,而我不会领略,所以反觉更加感到孤独无聊!

不久,我们又为着人的潮流一同冲出外面来了。

六与十都说是时间还没有到吃晚饭左右,最好是跑到十四的家中去拜年,他们说的大致是不会错的。把拜年除开,第一是六可以看看几天不见了的伊,而十弟也可以就便为八妹拜年。但他们口上的理由却单提为十四夫妇拜年。

"充配角也充厌了!我何苦又定要去到那充满着幸福——富贵与爱美——的家中看别人演喜剧呢?即或我这麻木的感官,稍稍刺激是不什么要紧,然从别人脸上勉强表示出来的欢迎神气,也就够要人消受啊!……"

不过到后来,我这"顽固"的意思,终敌不过口上的牵扯；——也是我自己在克制我顽固，我即刻又跳上洋车，向二十四胡同进发了。

拜年究竟也还合算，只要一进屋，口上提出嗓子喊一声，进门时向着老主人略略把腰一屈，就完事了。拜年的所得，不是小时候在故乡中像周家娘似的送一串用红绒绳穿就的白制钱；却只是一盘五颜六色的糖果。这糖不知叫什么名儿，吃时但觉软软的滑滑的，大概是很值钱，也许还是什么西洋的东西，这也算是我的幸福。

在一间铺陈耀眼的客室中，着上了个乡下气未脱寒伧气十足的我，真是不大什么适宜！我处处觉得感到迫束。但软松褐色靠椅上坐着实在比公寓中冷板凳好一点，而且主人还未回，六与十也很直率地替主人留客——失了自主力的我，也只好不说走了。

"……女人，那么一对一对：十四与九，六与十一，十与八。……一个做太太的主妇，一个做不问家事单享点快乐的老爷。老爷到外面找钱，两太太便到家中用。太太二十五六，老爷四十三……年龄虽似乎远了一点，但有钱可以把两方的不匀称调和，大不致妨事……太太娇憨若不解事，处处还露出孩子气……虽然已有了几个小小爱的结晶，但这并不影响到太太方面。太太依然是年轻，美丽……老爷公余回家，宴会以外，便享受太太的狂爱……即或是太太嗔怒多于喜乐，但这初不妨于幸福丝微……

自然！有时还非这个不见的有趣。——

"六呢，经济上是拙笨了一点。然而她们资质很恰当，而性格趣味亦不见多少龃龉，在十一的神情举止间看来，还不是个二十四岁以上的姑娘……虽说是……但总还剩下一大段青春足供她俩浪费。——

"十与八呢，他们正都是在创造爱的时候，前途正有许多许多满开着白花，莺唱着情歌……可爱的春天可走。——

"我呢，我就是我。……一个人单单做梦，做一切的……我是专做梦的人，这也好。……"

"特意来拜年的！"

我昏昏迷迷靠在客室那张褐色椅上眬起眼睛做梦，给六一声把我吵醒了。进房来的是一个阔绰而和气的胖子，这不要说可以知道是主人了，我连忙站起来把我为到别人面前而做出的笑脸，加上一倍高兴神气。照面一下，又得六与十为介绍了一句：

"这是三弟！"

头一次困难总算解除了。谈了两分钟"天气的好丑"，最后便是吃点心。

我总会是因为久久不向一个陌生人做笑脸了，从对坐那个小镜子中，我发现我自己困难的神色。在这样新年到人家屋里不是能做这样阴惨惨样子给主人看的。从这中，别人会引起比厌恶还更甚的误会。我只好尽他们谈话，把头慢慢移到壁间那几张油画上面去。

十一来了，她是依然像小孩子般可爱。大凡女人们既没有什么很不如意的事情——譬如死丈夫，丈夫讨小，或丈夫不在家专到外面鬼混，或两方面相差处太多，或家长不好……自然是很不容易老的，何况又有许多许多洋货铺为向外国几万里路运贩新奇化妆品呢。伊虽已为六做了七八年主妇，年龄也快到卅数目相近了，但任谁看来，都会承认伊是又风韵，又活泼，窈窕，温柔，娇美——在间或有个时候，还会当着旁人，在六面前撒一点娇痴的一个妇人。

伊把六手上夹着年糕的筷子用极敏捷手法抢了过去，六但笑了一笑。有幸福的六！

"伊不是有意在那里骄傲人吗？！"

即或不是故意给我难堪，然这样我如何能看？我又悔恨我先前为甚不顽固到底了！

女主人十四同她八妹不久都来了，在伊等背后又同来了一位相貌不大引人注意——说刻薄点是有点笨傻；——然而命好，衣衫漂亮时髦的少年。这自然是很有意思的一回事！十四夫妇一对，六与十一又是一对，十与八也可以算成一对：他们她们虽不能像公园中那么手挽着手儿谈话，脸偎着脸儿亲热，然他们各人心是融合的，心是整个的。我们虽是相互地谈着笑着，我无论如何是不会跑进他们心上去占据着一小角位置！终于我又要起身跑了。在我身子为他们制住，口中在设辞解释我要去的意思时，眼泪正朝里面心上流。

虽然在炫目的电灯下，大餐桌上，吃了一餐极精美丰富的晚饭，但心灵上的痛苦，却找不出什么相当的代价来赔偿了！

一月三十日

原载一九二五年二月十二日《晨报副刊》

五

那陌生的不知名的年轻的姑娘啊！一个孩子，一个懦弱的、渺小的、不为人所注意的平凡孩子，在这世界沉眠但有微细鼾呼的寂寞深夜，凭了凄清的流注到窗上床上的水银般漾动的月光，用眼泪为酒浆，贡献给神面前，祝你永生；

——祝你美丽的面目，不为一切悲哀之魔所啮伤；祝你纯洁的灵魂，永不浸入丑笨的世界缩影，祝你同玫瑰般：常开笑靥于芳春时节；祝你同春风般：到处使一切欢愉苏生，使世界光明璀璨；祝你沉酣的梦境里，能寻出神所吝惜与你的一切要求……萧萧的秋夜雨声中，你还能在你所爱的少年怀里安睡。

啊啊！姑娘！生命中的一刹那，这不过流星在长空无极间一瞥，这不过电花在漆黑深夜里一闪；但是，我便已成了你灵魂的俘虏了！我忘了社会告给我们的无意思的理性梏链，把我这无寄顿的爱，很自然地放到你苍穹般——纯洁伟大崇高的灵魂上面了！假使你知道到耶路撒冷的参朝圣地的人们是怎样一种志诚，在慈母摇篮里的小孩的微笑是怎样一种真率，你当知我是怎样的敬你。

日来的风也太猖狂了，我为了扫除我星期日的寂寞，不得不跑到东城一友人校中去消蚀这一段生命。诅咒着风的无聊，也许人人都一样。但是，当我同你在车上并排地坐着时，我却对这风私下致过许多谢忱了。风若知同情于不幸的人们，稍稍地——只要稍稍地因顾忌到一切的摧残而休息一阵，我又哪能有这样幸福？你那女王般骄傲，使我内心生出难堪的自惭，与毫不相恕的自谴。我自觉到一身渺小正如一只猫儿，初置身于一陌生锦绣辉煌的室中，几欲惶惧大号。……这呆子！这怪物，这可厌的东西！……当我惯于自伤的眼泪刚要跑出眶外时，我以为同坐另外几个人，正这样不客气地把那冷酷的视线投到我身上，露出卑鄙的神气。

到这世上，我把被爱的一切外缘，早已挫折消失殆尽了！我哪能再振勇气多看你一眼？

你大概也见到东单时颓然下车的我，但这对你值不得在印象中久占，至多在当时感到一种座位宽松后的舒适罢了！你又哪能知道车座上的一忽儿，一个同座不能给人以愉快的平常而且褴褛的少年，心中会有许多不相干的眼泪待流？

我不是什么诗人，不能用悦耳的清歌唱出灵魂中的蕴藏，我的（真美善）创作品，怕不过从灰败的凹陷的两个眼眶中泻出的一汪清泪罢了！明月在我被上伏着，除她还有谁能知道？

明月也跑去了！

二月二十二日
原载一九二五年三月九日《晨报副刊》

流　光

上前天，从鱼处见到三表兄由湘寄来的信，说是第二个儿子已有了四个月，会从他妈怀抱中做出那天真神秘可爱的笑样子了。我惘然想起了过去的事。

那是三年前的秋末。我正因为对一个女人的热恋得到轻蔑的报复，决心到北国来变更我不堪的生活，由芷江到了常德。三表兄正从一处学校辞了事不久，住在常德一个旅馆中。他留着我说待明春同行。本来失了家的我，无目的地流浪，没有什么不可，自然就答应了。我们同在一个旅馆同住一间房，并且还同在一铺床上睡觉。

穷困也正同如今一样。不过衣衫比这时似乎阔绰了一点。我还记得我身上穿的那件蓝绸棉袍，初几次因无罩衫，竟不大好意思到街上去。脚下那英国式尖头皮鞋，也还是新从上海买的。小孩子的天真，也要多一点，我们还时常斗嘴哭脸呢。

也许还有别种缘故吧，那时的心情，比如今要快乐高兴得多了。并不很小的一个常德城，大街小巷，几乎被我俩走遍。尤其感生兴味不觉厌倦的，便是熊伯妈家中与F女校了。熊家大概是在高山巷一带，这时印象稍稍模糊了。她家有极好吃的腌蕹苴、四季豆、醋辣子、大蒜；每次我们到时，都会满盘满碗从大腹水坛内取出给我们尝。F女校却是去看望三表嫂——那时的密司易——而常常走动。

我们同密司易是同行。但在我未到常德以前却没有认识过。我们是怎么认识的，这时想不起了！大概是死去不久的漪舅母为介绍过一次。……唔！是了！漪舅妈在未去汉口以前，原是住在F校中！而我们同三表兄到F校中去会过她。当第一次见面时，谁曾想到这就是半年后的三表嫂呢！两人也许发现了一种特别足以注意的处所！我们在回去路上，似乎就说到她。

她那时是在F女校充级任教员。

我们是这样一天一天地熟下去了。两个月以后，我们差不多是每天要到F女校一次。我们旅馆去女校，有三里远近。间或因有一点别的事情——如有客，或下雨，但那都很少——不能在下午到F校同上课那样按时看望她时，她每每会打发校役送来一封信。信中大致说有事相商，或请代办一点什么。事情当然是有。不过，总不是那么紧急应当即时就办的。不待说，他们是在那里创造永远的爱了。

不知为甚，我那时竟那样愚笨，单把兴味放在一架小小风琴上面去了，完全没有发现自己已成了别人配角。

三表哥是一个富于美术思想的人。他会用彩色绫缎或通草粘出各样乱真的花卉，又会绘画，又会弄有键乐器。性格呢，是一个又细腻、又懦怯，极富于女性的，掺合黏液神经二质而成的人。虽说几年来常在外面跑，做一点清苦教书事业，把先时在凤凰充当我小学校教师时那种活泼优美的容貌，用衰颓沉郁颜色代去了一半，然清癯的丰姿，温和的性格，用一般女性看来，依然还是很能使人愉快满意的！

在当时的谈话中，我还记着有许多次不知怎么便谈到了恋爱上去。其实这也很自然！这时想来，便又不能不令人疑到两方的机锋上，都隐着一个小小针。我们谈到婚姻问题时，她每每这样说："运用书本上得来一点理智——虽然浅薄——便可以吸引异性虚荣心、企慕心，为永远或零碎的卖身，成了现代婚姻的，其实同用金钱成交的又相差几许？我以为感情的结合，两方各在赠予，不在获得。……"

她结论是"我不爱……其实独身还好些"。这话用我的经验归纳起来，其意正是：

过去所见的男性，没有我满意的，故不愿结婚。

一个有资格为人做主妇，为小孩子做母亲，却寻不到适意对手的女人，大都是这么说法。这正是一点她们应有的牢骚。她当然也不例外。

凡是两方都在那里用高热力创造爱情时，谁也会承认，这是非常容易达到"中和"途径的！于是，不久，他们便都以为可以共同生活下去，好过这未来的春天了。虽然他俩也会在稍稍冷静时，察觉到对方的不足与缺陷，不过那时的热情狂潮，已自动地流过去弥缝了。所以他们就昂然毅然……自然别人没法阻间也不须阻间。

这消息传出后，就有许多同学姐姐妹妹，不断地写信来劝她再思三思。这是一些不懂人情、不明事理的蠢话罢了！哪能听得许多？

在他们还没有结婚之前，我被不可抵抗的命运之流又冲到别处去了，虽然也曾得到他们结婚照片，也曾得过他夫妇几次平常的通信。

不久，又听到三表兄已成为一个孩子的父亲了。不久，又听到小孩子满七天时得惊风症殇掉了！……在第一次我叫三表嫂、三表兄觑着我做出会心的微笑，而她却很高兴地亲自跑进厨房为我蒸清汤鲫鱼时，那时他们仍在常德住着，我到她寓中候轮。这又是去年夏天的事了！

在这三四年当中，她生命上自必有许多值得追怀，值得流泪，值得歌咏的经过；可是，我，还依然是我！几年前所眷恋的女人,早安分地为别人做二夫人养小孩子了!到最近来便连梦也难于梦见。人呢,一天一天地老去了!长年还丧魂失魄似的东荡西荡,也许生活的结束才是归宿。……

原载一九二五年三月二十一日《晨报副刊》

给低着头的葵

我明知道你不快,所以才下蛮劲扯你起床。我的希望是想把能够使杏花开放到癫狂样子的春日骄阳也能晒你一下,使你苏生;谁知道吹皱一池春水的春风,又是这样可恶!

我有好多要向你说的话,说来请你莫以为是传教士口吻:

在生的方面,我们全个儿责任,似乎应该委托一部分于理智,才能够生得下去。若果是一任感情之火来焚烧自己脆弱的灵魂,也许它会为炽热的火焰炙枯,至于平平稳稳生下去是否我们所愿意?当然可以干脆地说一个"不"字,但是你想着"有得青山在何愁没柴烧"的两句话,也应稍稍地把你头抬一下了!

人不能用理智来抑勒着感情,使自己好好地醉于梦的未来天地中,是一桩多么可怜的事情啊!

单单醉于梦中的可怜处,自然我也知道。

话从你说到我耳边时,我是不愿意承认的。但如今又到我拿来劝你的时候了。我比你似乎还应值得可怜!你尚能喝一盏欲向阳而不得的酸酒。

你说做梦已不能。但我除了劝你宽宽心，不妨从已撕破了的梦的画片中再重新勉强拼一张涂上红红绿绿的虹之国图来安置你的空虚的心外，还有什么话可说呢？我也不仅是劝你！就是我自己，也还是赖着这还未完全幻灭的梦之帷幕来罩着这颗灰色小心呢。

以我这么一个人间摈弃者，在过去与未来的生命史上，还加上许多疑问符号来维系自己生趣，你又何苦这样用酒精来作践自己？

爱，是上帝造人的时候，为使世界生物在日月无情的转轮下不至灭亡的缘故，同时颁给人的。因为这在实际上便是一种传衍族种义务的报酬，更可以说是单纯的义务。不过，义务虽是义务，但从这中可以得生命的愉悦，是以人人都不以这义务烦苦（除了生在特殊病态下的少数人）。

失恋，想恋，得来的苦闷，不过是一个人应负责任而不得尽责时一种神的惩罚罢了！这惩罚似乎是把人垂于蔚苍苍的天宇下的一张绿色天鹅绒摇椅上，强制他数算眨眼的星星；大概谁都乐意。

因此你那因犯似的颓丧，在我并不以为奇怪。

不过，你想鞠躬尽瘁地来负这种义务的时候还多着！又何必就这样小孩子般哭哭啼啼？你负这义务的能力既有，你负这义务的青春也还未消失……说到这里，我却不敢去返顾一下自己。我还是一个想负义务连对象也没有的光棍；然而，空虚的我，还不是依然要从挣扎中生下去吗！

看到你急于想把担子加到肩上却又生怕担子落到别人头上去的那种栖惶①情形，真使我好笑！我不是你说的"为幸灾乐祸"而大笑；只是觉得上帝造人的巧妙，与世界上像这一类人的可怜罢了。

好像有一个什么人曾这样说过：梦只要你肯做，它也会孕育着幻美的花苞，结出真实希望之果的。我但愿你能从我的话里找出一分（也不敢多想）做梦的勇气；好来调和你这在万一中想扛担子而不得的时候失望与悲哀的心绪。

另一个希望，自然是祝你想扛的担子早早地加到你的肩上。

我还要附带地告诉你的是：别人认为不合理的途径，但这实在是可以发现你生命欢喜的一条路，你便应不用迟疑地走去；就是所谓在良心上不大认可的事，但这也可以使你掘到爱的奥秘之矿源时，你也须莫加选择地做去。所谓"良心"，乃是人类一种虽应当负——但谁都不曾负过的奴隶德行。也许有些狡猾东西把"良心"常常放到嘴巴边；也许有些傻瓜把"良心"紧紧把握着

---

① 栖惶：生活温饱不定，惶惶不可终日，多指生活拮据。

生怕它跑掉就不能做人；其实除了谋自己愉悦——尽传衍义务找一点报酬——以外，已没有什么事情在你我生命上可称为更有价值了！

果真是要想把爱的义务加到自己身上的人，除了对象时时在灵魂上微笑，生出璀璨不熄的杂色火花外，世界存在与否，本不值得再去顾视。

在梦中尝嗅到兰花香味的可怜人——给你——

（只有你知道，别人莫理他吧）

口口声声说到振作，说来似乎也还好听。但是，朋友，我不瞒你，回头我就又发了一次不应发——但不得不发的病。

理智于像吃醉酒后的狂热色情退下后，才慢慢地踱到我身边来。当时我张眼睛四处探望找它不出，这时却又来像榨房的檀木梃子一样，不住地在我小小心上击撞，挤压我白忏的眼泪。

"您，刚才走到什么地方去了呢？"

我问了它三句却没有得到回答。

……事情是这样，即使要责备它也是空的！

孥孥阿文

——再给你——

你说我是把女人当作一件事情看待，那是你错了！

我们需要的爱乃是人而糅杂着神的分子的爱，这个我很知道。但"人"的爱是可以买——是可以骗与偷的;"神"的爱却要你去讨,由她颁赐下来:两者的不同,是比红色同绿色的区别还要分明。想兼而有之,这哪里有?

这不是没有,不过这种把神与人糅合到一个人身上而值得你牺牲的爱的对象,却还有一道应具的工作;做过这道工作,你才能发现她。这工作就是你须用许多金子到银匠铺去打一根镀有荣誉光芒的链索来把它缚住:

可怜啊!你我有的是什么?你说有的是"少年的心",但我问你,这"少年的心",除能制造梦以外值一个子不?

你真是可怜哟!谁个女人需要你这颗"少年的心"?

孥孥阿文

四月十日于窄而霉小斋

原载一九二五年四月二十八日《京报·民众文艺》

狂人书简

给到×大学第一教室绞脑汁的可怜朋友。

可怜的你们，既然到这里来，大概都是为着生活的威迫而陷于失业时候了。你们没有职业，为甚不去爽爽利利地结果了自己，何苦对于"生"如此眷恋？你们也许是因为你们自己的梦，你们也许因为自己家中可怜的父母姊妹——他们的梦又建筑在你身上——而觉得生足以眷恋吧？但是，这世界，是能让你们这样柔懦的人们，永远地，永远地，做着梦生下去的世界吗？

你们抱着偌大的希望，来到这里，期望自己写的那两个小楷字，什么意见书的文章，走到看卷先生们眼下，引起注意，得蒙赏识，认定你的能力时，会给你一口饭吃；可你们人是这样多，而足以安置你们的书记又是这样少！你们的希望，可怜啊！你们两百人中间一百九十几个的希望。

我想你们的脑汁实在不必绞了！——尤其少年的弟兄。你们应当到别的事情上去想法。这桩事，最好是让老到不能干重活粗活的叔父们去干。你们可以跑到军队中去，你们可以去做与兵对称与兵时时相互变易名号的匪队里去。你们除了兵匪以外也还可以去做一个苦力——但你们无论如何却不应做这种事情。你们还年轻！你们的梦也不能建筑在这种比卖淫的女人还不如的事业上！你们既不能借着父兄余荫，享一点安乐福；你们又不会像别人百计钻营，最好还是当兵哟！我们当兵去，我们都可以当兵去！别个朋友劝我当兵，我更想劝你们都去。当兵的好处，比像每日随着打筛的马同一步骤同一待遇的书记强多了！当兵入伍，比我们到这囚牢中给一些狗看我们像看受刑的囚犯似的情形好多了！

左右我们在世界上实在值不得活下去——就是春天的好处也没有你我的份；一枪打死，算个什么呢。万一中若不被打死，你就可以去打人了；你可以用枪随你的意思去向敌人瞄准，不拘打哪一块。

你们也许还从不认清你们的敌人。这我可以告你。眼前的一切，都是你的敌人！法度、教育、实业、道德、官僚……一切一切，无有不是。至于像在大讲堂上那位穿洋服梳着光溜溜的分头的学者，站立在窗子外边龇着两片嘴唇嬉笑的未来学者（以及同你在战场上血肉搏争的对抗兵士），他们却不是你们的敌人，只是在你们敌人手下豢养而活的可怜两脚兽罢了！他们虽然对于你们的苦囚样子，感到一点好玩的卑劣意思，为着自己地位的骄傲，暗里时常发笑，也间或会于不能自已的时候，想把你们放到脚下来踩躏几脚，抒抒他们被他主人践踏无处发泄的怨气。但他们终不是我们敌人，他们的行为，我们见到，也只觉得又讨嫌又可怜罢了！

说到匪，你们会比兵还更其不愿听；但这不是你们的罪，却是束缚你们的链索太紧了，所以也许你们听到我的话时，要不知不觉把两个手掌掩到耳朵上来，你们似乎以为抢劫犯是人类最劣等的东西，抢劫是人类中最不良的行为。其实，你们错了！你们都给传统下来的因袭奴隶德行缚死了！你们不是不知要满足你们生命的要求——你们知道可以满足你们要求实现你们梦的路途，却不敢去走。可怜啊！你们这些懦弱不中用的傻子！

你们理智告你们抢人是不道德，只准你屈服于生活下。怎么你们就这样傻？在你不得吃饭那天，抱着肚子到卤肉铺门前嗅香味，"咽嘟咽嘟"咽唾沫时，从铺子里出来的那个穿狐皮大衣的肥白脸子的绅士，曾因为见到你的可怜，抛掷过一小节腊肠给你吗？假使你真遇到过这么一回事，你的道德心也不空用了！到这世界上，谁个不是仗着与同类抢抢夺夺来维持生存？你不夺人，别人把你连生活下去的权利也剥夺去了！金钱、名位，哪里不是从这个手中抢到那个手中？你们眼力也不算很差，在后排的还能看出黑板上面那题目几个小字，但为甚这么大一条谎骗人的东西,却看不出?

别人的抢劫,有制度为他护符;有强力为他勒迫承认——但抢还是抢,你既不能像别人那么去抢,连干脆凭本领去抢人也不行吗?你们,该死的你们!你们不知道别人连你生存权利也早抢了去,你们已不配生;你们不敢去抢人,单做点梦来欺骗你自己,你们也不能生!在可怜的柔懦弟兄们圈子中偷跑出来的一个人。

附言

承"试官先生"给了一份卷子,使我能写出这信与各弟兄们谈谈,在此特别致谢。承另一位先生引示我到讲室的途径,我也在此谢谢。出讲室时,又承众多在外面看热闹的弟兄,各把冷的视线投到我脸上,我也在此谢谢。不知是哪个先生,曾说过"这是一个癫子!"这我不仅谢谢他的好意;并且更觉得这位不识面的先生眼力过人而值得佩服了!

一九二五年四月十五日作

原载一九二五年五月五日《京报·民众文艺》

给师傅的信

自你走后,全寓在我看来,已变成一间冷落阴惨的牢狱了。第三号那个流氓学生,半夜里,像有鬼手扼着了他喉咙似的,干喊那不成腔的歌曲,不但像苦囚的牢床上追怀自己的过去以陶遣眼前的景物而唱的哀歌,竟使我迷迷惘惘,疑心到自己——或别个同寓人死了,他是特意来唱丧歌的!

我如今已不吹箫了。那支随身漂泊到北国来慰我旅中寂寞的小箫,在月前一个自谴大哭的晚上,竟被我踹成了十几段小竹片。虽然其他房里的箫声,每夜里还是像夏天夜间"纺车娘"一样,这个完了那个又接着奏下去;但这使耳朵感到烦厌聒吵,却不次于挽歌;有什么味?

在你间壁住的——就是你从前同我说过"她的他"很不忠厚,常常斜起两只吊角眼睛觑你,像要想把你从他那两只眼睛中吞下肚去样子——那个脸上扑得白蒙蒙的麻面妇人,却时时唱歌读书。她声音虽然还不至于同她脸那么不能逗人喜欢,但她原是为媚她保护人而唱的,我即能偷偷把耳朵贴着壁听一下,也不过是从人家耳朵边漏下的东西罢了！这又哪能像你以前特意为我——想使我魂灵儿从五号飞到你身边的缘故，像一只山麻雀般清脆的读书声呢？

我想到那一夜垂头丧气随同那些虎狼出去的你，心里直像有把小刀子悬挂在心子边旁，不时地戳刺一般难过。

——一顶绿绒线白边儿的帽子，低低地，低低地覆到眉眼也看不见，两只手像打败了架的鸡公翅膊无力地垂着，刚照过我们两个人并肩影子在社稷坛上五色土前的月光，仍然顽皮无赖似的爬在你肩膊上；你便负着这令人不胜今昔之感的银灰色月光跑出了大门，永远地，永远地不再归来了！……

呵呵！可怜的人哟！你既知道事已糟到这么样子，为甚明见我故意看热闹似的搭讪着跟到出来，还一直送你到巷子口边，却忍心连头也不抬一下呢？那时的你，即或大胆瞟我几眼，或是率性叫我一声，左右是"烂船把做烂船划"，你的他，无聊的虎狼，还不只能睁大眼睛看你一下罢了！又岂能奈我何？也许你伤心极了，故不愿再看我一眼吧？也许你是因为事情的发生全是为我——至少我有十分之九的罪过，心里抱怨我，故不理我吧？也许你是怕对我打了一个照面，就会把我也扯入旋涡里去，不忍心我同道受人贬语，才低着头从身旁过去吧？

到底是怎么的？你说！你说！

你一出了大门,同住的几个混账东西,便念佛似的,把你名字从这个口上跑到那个口上去:为这事,我不知怄过许多气,悄悄地啜泣着自谴许多次!

在有次,他们又到电话室咀嚼你的名字,我气不过了,冷冷地说了句"但也可怜"!他们便像从这话中已看出了我同你关系一样:各人拿眼睛狠狠地看了我一眼。他们虽不说话,但我能够从他们眼中看出酸到像镪水①一样的程度。假使他们口里各含上一片锌,我知道必定会有许多氢气从他们口鼻跑出。他们的眼睛的光比冰还冷,我虽然也打了一两个寒噤,但是,一想到你的侮辱,我血立时就沸了。当我气愤愤地从冷笑中说出"你们这些无聊东西,把一个柔弱可怜的女人,在不合理的制度下因反抗而得来的侮辱,得意扬扬地拿把来当笑谈资料,自己脸就那么厚,不会害羞吗?"他们中有三个连脖颈也成了红色。那吊角眼的角色,似乎是有点不好意思了,赶忙即借了个故走转自己的房里去。

如果他们说一句——只要多说一句难入耳的话,我那时立即会扯拢他的嘴巴至于合不拢来,剥削他一世说话的权利。……

……我若是再稍稍地缓个把月到这边来,你们两人不还是安

---

① 镪水:强酸性液体。

安静静过着有说有笑的春天般温暖生活吗？我就是到了这来，若不至……又哪就到使你受这般无理侮辱呢？呵呵！牺牲了别人的幸福，来求自己灵魂的寄顿——结果又是这般出人意外的糟；要你为我的缘故领受一切难堪的屈辱与惊恐：我真是一个如何卑鄙自私的小人啊！……摧毁了你幸福的首恶，无论如何，我不能不承认罪出自我！你即诅咒我一辈子，我也不能为自己"事前自私事后懦怯"的劣陋行为加一句辩词！即使你能饶恕这样一个觳觫负罪的可怜人，在末日的审判前，我也不敢求神的饶恕！

我村生表弟为安慰我的缘故，信上说是"你们如此地结束这一段不可分解的因缘，是非常奇怪而恰好的"。但我总觉得太对不起你了。

我一切还是同前，只眼睛因哭泣流泪太多的缘故，愈是不济。

你不能给我一个方法，使我有机会来在你面前赎这过去的罪责不？

你大概也愿意你的徒弟再学几件不曾学过的事情吧！

你"爱的学徒"吻纸

四月十三日夜里

原载一九二五年五月十二日《京报·民众文艺》

给我将变老祥的大表哥

"奴隶,奴隶。"我听你这样不老实的话不知有过好多次了。这话的含义是骂人,我不是会当街打筋斗竖蜻蜓的老祥,又不是别人送他一个钱便鼓嘟着嘴巴"咚咚咚"放炮的代宝,怎么有个不晓得的道理呢。

你对于女人,见到她对着一些着了迷,想履行传衍义务的男人发笑,便说"奴隶,奴隶,这女人为着金钱与荣誉又在那里做奴隶了!"其实这原是神的职务!

你又说过:生殖事业的神圣,是神圣到为生殖而生殖。不是单在轻怜痛恤,软抚重搂;轻怜痛恤,软抚重搂,不过是人生趣味的玩昵而已。

你又说过:假若我是一个女人,我要同我所喜欢的一切男子去做朋友。我所喜欢的男人,不是因他能献虚伪殷勤给我,不是因他能献物质上的一切给我——我所要的是他的心。我将把他心捏住——不,他会不待我捏也长长在我身边,任空间的渺茫与时间悠远。并且,是这样地把心放在我身边的人还有许多许多,不单是某一个少年。

这些痴话,我虽然没事抓弄,但也找不出什么闲工夫来同你嚼精①。我只以为这话是对那当街打筋斗的老祥正当他在做鹞子翻身的工作时你同他说的。不然,你便时时刻刻也在打筋斗。老祥打筋斗,竖蜻蜓,当街练习,人不以为怪;代宝你问他有多少家私,他必答"金子百万,银子百万,朱砂百万",这话离奇得可笑,却也无人说他夸张;因为他们都是癫子。人癫了,行为与言语才不至引人同你认真。

"服从一切权威的都是奴隶:荣誉、金钱、制度……"这话我倒相信有一部分很对。因为是这样,"奴隶"这两个字,随时随地便可以移放到一个忠厚、老实、懦弱、无生活力、驯善不敢多事的小绵羊身上了。

她是羊,她的生存责任便只有榨奶与养小羊团。这是神所分配。也是人所批准。你如今,却偏要责她不应吃人家园圃里栽就的青草,更不宜在人竖就的木栏中歇息,拿"奴隶"不长进的话来骂这不得不就人吃草就栏歇息的可怜小东西。你想她像老虎般单独去捕捉百兽,你想她像豺狼般成群去劫夺猪羊,最不堪也应用黄鼬鼠夜狸子一样去偷几只鸡来吃,才脱掉奴隶习性。我佩服

---

① 嚼精:湘西方言,好搬弄口舌是非之意。

你的是亏你想得到这些事情上来,而你又愚不解事到这样子。

难道做虎做狼是口上说的事,讲得到就办得到吗?虎狼力气与狡猾(这些也可说是虎狼的品德),又是你羊那小蹄子小角儿所能做得到的事吗?

你现今承认你自己是男人不?你大概是承认!你是男人,你便应已具有了虎、狼、鼬鼠的同等能力了。但是,我看你,怎么不装虎变狼地去生活?你不忍吧?这话也靠不住。你就算是不忍,但能忍的别人,却用虎狼一般的力气把你推开,把你踢倒,大踏步从你身上跑过,走上前去了。

天生就你连做奴隶也不行。你还想变了绵羊再来变虎狼,又还期望这些真正老实懦弱的绵羊一个两个也来变成虎狼,这是何苦?

即使如你所望:他们一个两个真成了雄赳赳的虎狼,不要说世界上因此把什么"温柔"这一类字不复再见是一桩多么扫兴的事,就是你这样想到园里吃草而不得,但靠嚼顶棚上干糨糊以生存的可怜东西,到那时连顶棚怕也不有你嚼的份了!虎狼不很多——只满是鼬鼠的现世,你就被人不客气地挤到一边,除履行微笑中之伊古诺夫最后的方法外,已找不出什么是以留恋生的宇宙之计策,以后又怎么来生呢?

这叫,还人嚷着绵羊变虎狼的调子,不久,我怕你真个也要去道口门,当街做大竖其蜻蜓的玩意儿。

不必同你多说。

五月二日北京窄而霉小斋

原载一九二五年五月二十六日《京报·民众文艺》

新废邮存底

一

"我行过许多地方的桥,看过许多次数的云,喝过许多种类的酒,却只爱过一个正当最好年龄的人。"

××:

你们想一定很快要放假了。我要玖①到××来看看你,我说:"玖,你去为我看看××,等于我自己见到了她。去时高兴一点,因为哥哥是以见到××为幸福的。"不知道玖来过没有?玖大约秋天要到北平女子大学学音乐,我预备秋天到青岛去。这两个地方都不像上海,你们将来有机会时,很可以到各处去看看。北平地方是非常好的,历史上为保留下一些有意义极美丽的东西,物质生活极低,人极和平,春天各处可放风筝,夏天多花,秋天有云,冬天刮风落雪,气候使人严肃,同时也使人平静。××毕了业若还要读几年书,倒是来北平读书好。

---

① 玖:即沈从文的九妹沈岳萌。

你的戏不知已演过了没有？北平倒好，许多大教授也演戏，还有从女大毕业的，到各处台上去唱昆曲①，也不为人笑话。使戏子身份提高，北平是和上海稍稍不同的。

听说××到过你们学校演讲，不知说了些什么话。我是同她顶熟的一个人，我想她也一定同我初次上台差不多，除了红脸不会有再好的印象留给学生。这真是无办法的，我即或写了一百本书，把世界上一切人的言语都能写到文章上去，写得极其生动，也不会做一次体面的讲话。说话一定有什么天才，×××是大家明白的一个人，说话嗓子洪亮，使人倾倒，不管他说的是什么空话废话，天才还是存在的。

我给你那本书，《××》同《丈夫》都是我自己欢喜的，其中《丈夫》更保留到一个最好的记忆，因为那时我正在吴淞，因爱你到要发狂的情形下，一面给你写信，一面却在苦恼中写了这样一篇文章。我照例是这样子，做得出很傻的事，也写得出很多的文章，一面糊涂处倒使别人生气，一面清明处，却似乎比平时更适宜于做我自己的事。××，这时我来同你说这个，是当一个故事说到的，希望你不要因此感到难受。这是过去的事情，这些过去的事，等于我们那些死亡了最好的朋友，值得保留在记忆

---

① 昆曲：又称昆剧、昆腔、昆山腔，是中国最古老的剧种之一，也是中国传统文化艺术中的珍品。

里，虽想到这些，使人也仍然十分惆怅，可是那已经成为过去了。这些随了岁月而消失的东西，都不能再在同样情形下再现了的，所以说，现在只有那一篇文章，代替我保留到一些生活的意义。这文章得到许多好评，我反而十分难过，任什么人皆不知道我为了什么原因，写出一篇这样文章，使一些下等人皆以一个完美的人格出现。

我近日来看到过一篇文章，说到似乎下面的话："每人都有一种奴隶的德行，故世界上才有首领这东西出现，给人尊敬崇拜。因这奴隶的德行，为每一个不可少的东西，所以不崇拜首领的人，也总得选择一种机会低头到另一种事上去。"

××，我在你面前，这德行也显然存在的。为了尊敬你，使我看轻了我自己一切事业。我先是不知道我为什么这样无用，所以还只想自己应当有用一点。到后看到那篇文章，才明白，这奴隶的德行，原来是先天的。我们若都相信崇拜首领是一种人类自然行为，便不会再觉得崇拜女子有什么稀奇难懂了。

你注意一下，不要让我这个话又伤害到你的心情，因为我不是在窘你做什么你所做不到的事情，我只在告诉你，一个爱你的人，如何不能忘你的理由。我希望说到这些时，我们都能够快乐一点，如同读一本书一样，仿佛与当前的你我都没有多少关系，却同时是一本很好的书。

我还要说，你那个奴隶，为了他自己，为了别人起见，也努力想脱离羁绊过。当然这事做不到，因为不是一件容易事情。为了使你感到窘迫，使你觉得负疚，我以为很不好。我曾做过可笑的努力，极力去同另外一些人要好，到别人崇拜我愿意做我的奴隶时，我才明白，我不是一个首领，用不着别的女人用奴隶的心来服侍我，却愿意自己做奴隶，献上自己的心，给我所爱的人。我说我很顽固地爱你，这种话到现在还不能用别的话来代替，就因为这是我的奴性。

××，我求你，以后许可我做我要做的事，凡是我要向你说什么时，你都能当我是一个比较愚蠢还并不讨厌的人，让我有一种机会，说出一些有奴性的卑屈的话，这点是你容易办到的。你莫想，每一次我说到"我爱你"时你就觉得受窘，你也不用说"我偏不爱你"，作为抗拒别人对你的倾心。你那打算是小孩子的打算，到事实上却毫无用处的。有些人对天成日成夜说："我赞美你，上帝！"有些人又成日成夜对人世的皇帝说："我赞美你，有权力的人！"你听到被称赞的"天"同"皇帝"，以及常常被称赞的日头同月亮，好的花，精致的艺术回答说"我偏不赞美你"的话没有？一切可称赞的，使人倾心的，都像天生就是这个世界的主人，他们管领一切，统治一切，都看得极其自然，毫不勉强。一个好人当然也就有权利使人倾倒，使人移易哀乐，变更性情，而自己却生存到一个高高的王座上，不必做任何声明。凡是能用自己各方面的美攫住别的人灵魂的，他就有无限威权，处置这些东西，他可以永远沉默，日头，云，花，这些例举不胜举。除了一只莺，他被人崇拜处，原是他的歌曲，不应当哑口外，其余被称赞的，大都是沉默的。××，你并不是一只莺。一个皇帝，吃任何阔气东西他都觉得不够，总得臣子恭维，用恭维作为营养，他才适意，因为恭维不甚得体，所以他有时还发气骂人，让人充军流血。××，你不会像帝皇，一个月亮可不是这样的，一个月亮不拘听到任何人赞美，不拘这赞美如何不得体，如何不恰当，它不拒绝这些从心中涌出的呼喊。××，你是我的月亮。你能听一个并不十分聪明的人，用各种声音，各样言语，向你说出各样的感想，而这感想却因为你的存在，如一个光明，照耀到我的生活里而起的，你不觉得这也是生存里一件有趣味的事吗？

"人生"原是一个宽泛的题目，但这上面说到的，也就是人生。

为帝王作颂的人，他用口舌"娱乐"到帝王，同时他也就"希望"到帝王。为月亮写诗的人，他从它照耀到身上的光明里，已就得到他所要的一切东西了。他是在感谢情形中而说话的，他感谢他能在某一时望到蓝天满月的一轮。××，我看你同月亮一样。……是的,我感谢我的幸运,仍常常为忧愁扼着,常常有苦恼(我想到这个时,我不能说我写这个信时还快乐)。因为一年内我们可以看过无数次月亮,而且走到任何地方去,照到我们头上的,还是那个月亮。这个无私的月亮不单是各处皆照到,并且从我们很小到老还是同样照到的。至于你,"人事"的云翳,却阻拦到我的眼睛,我不能常常看到我的月亮!一个白日带走了一点青春,日子虽不能毁坏我印象里你所给我的光明,却慢慢地使我不同了。"一个女子在诗人的诗中,永远不会老去,但诗人,他自己却老去了。"我想到这些,我十分忧郁了。生命都是太脆薄的一种东西,并不比一株花更经得住年月风雨,用对自然倾心的眼,反观人生,使我不能不觉得热情的可珍,而看重人与人凑巧的藤葛。在同一人事上,第二次的凑巧是不会有的。我生平只看过一回满月。我也安慰自己过,我说:"我行过许多地方的桥,看过许多次数的云,喝过许多种类的酒,却只爱过一个正当最好年龄的人。我应当为自己庆幸……"这样安慰到自己也还是毫无用处,为"人生的飘忽"这类感觉,我不能够忍受这件事来强作欢笑了。我的月亮就只在回忆里光明全圆,这悲哀,自然不是你用得着负疚的,因为并不是由于你爱不爱我。

仿佛有些方面是一个透明了人事的我,反而时时为这人生现象所苦,这无办法处,也是使我只想说明却反而窘了你的理由。

××，我希望这个信不是窘你的信。我把你当成我的神，敬重你，同时也要在一些方便上，诉说到即或真神也很糊涂的心情，你高兴，你注意听一下，不高兴，不要那么注意吧。天下原有许多稀奇事情，我××××十年，都缺少能力解释到它，也不能用任何方法说明，譬如想到所爱的一个人的时候，血就流走得快了许多，全身就发热作寒，听到旁人提到这人的名字，就似乎又十分害怕，又十分快乐。究竟为什么原因，任何书上提到的都说不清楚，然而任何书上也总时常提到。"爱"解作一种病的名称，是一个法国心理学者的发明，那病的现象，大致就是上述所及的。

你是还没有害过这种病的人，所以你不知道它如何厉害。有些人永远不害这种病，正如有些人永远不患麻疹伤寒，所以还不大相信伤寒病使人发狂的事情。××，你能不害这种病，同时不理解别人这种病，也真是一种幸福。因为这病是与童心成为仇敌的，我愿意你是一个小孩子，真不必明白这些事。不过你却可以明白另一个爱你而害着这难受的病的痛苦的人，在任何情形下，却总想不到是要窘你的。我现在，并且也没有什么痛苦了，我很安静，似乎为爱你而活着的，故只想怎么样好好地来生活。假使当真时间一晃就是十年，你那时或者还是眼前一样，或者已做了某某大学的一个教授，或者自己不再是小孩子，倒已成了许多小孩子的母亲，我们见到时，那真是有意思的事。任何一个作品上，以及任何一个世界名作作者的传记上，最动人的一章，总是那人与人纠纷藤葛的一章。许多诗是专为这点热情的指使而写出的，许多动人的诗，所写的就是这些事，我们能欣赏那些东西，为那些东西而感动，也照例轻视到自己，以及别人因受自己所影响而发生传奇的行为，这个事好像不大公平。因为这个理由，天将不许你长是小孩子。"自然"使苹果由青而黄，也一定使你在适当的时间里，转为一个"大人"。××，到你觉得你已经不是小孩子，愿意做大人时，我倒极希望知道你那时在什么地方做些什么事，有些什么感想。"萑苇"是易折的，"磐石"是难动的，我的生命等于"萑苇"，爱你的心希望它能如"磐石"。

望到北平高空明蓝的天，使人只想下跪，你给我的影响恰如这天空，距离得那么远，我日里望着，晚上做梦，总梦到生着翅膀，向上飞举。向上飞去，便看到许多星子，都成为你的眼睛了。

××，莫生我的气，许我在梦里，用嘴吻你的脚，我的自卑处，是觉得如一个奴隶蹲到地下用嘴接近你的脚，也近于十分亵渎了你的。

我念到我自己所写的"萑苇是易折的，磐石是难动的"时候，我很悲哀。易折的萑苇，一生中，每当一次风吹过时，皆低下头去，然而风过后，便又重新立起了。只有你使它永远折伏，永远不再作立起的希望。

一九三一年六月

二

今天是我生平看到最美一次的天气，在落雨以后的达园，我望到不可形容的虹，望到不可形容的云，望到雨后的小小柳树，望到雨点。……天上各处是燕子。……虹边还在响雷，耳里听到雷声，我在一条松树夹道上走了好久。我想起许多朋友，许多故事，仿佛三十年人事都在一刻儿到跟前清清楚楚地重现出来。因为这雨后的黄昏，透明的美，好像同××的诗太相像了，我想起××。

××你瞧，我在这时什么话也说不出了的。我这几年来写了我自己也数不清楚的多少篇文章，人家说的任何种言语，我几乎都学会写到纸上了，任何聪明话，我都能使用了，任何对自然的美的恭维，我都可以模仿了；可是，到这些时节，我真差不多同哑子一样，什么也说不出。一切的美说不出，想到朋友们，一切鲜明印象，在回忆里如何放光，这些是更说不出的。

我想到××，我仿佛很快乐，因为同时我还想到你的朋友小麦，我称赞她爸爸妈妈真是两个大诗人。把一切印象拼合拢来，我非常满意我这一天的生存。我对于自己生存感到幸福，平生也只有这一天。

今天真是一个最可记忆的一天，还有一个故事可以同你说：诗人××到这里来，来时已快落雨了。在落雨以前，他又走了。落雨时，他的洋车一定还在×××左右，即或落下的是刀子，他也应当上山去，因为若把诗人全身淋湿如落汤鸡，这印象保留在另一时当更有意义。他有一个"老朋友"在×××养病，这诗人，是去欣赏那一首"诗"的。我写这个信时，或者正是他们并肩立在松下望到残虹谈话的时节。××，得到这信时，试去做一次梦，想到×××的雨后的他们，并想到达园小茅亭的从文，今天是六月十九日，我提醒你不要忘记是这个日子。这时已快夜了，一切光景都很快要消失了，这信还没有写完，这一切都似乎就已成为过去了。××，这信到你手边时，应当是一个月以后的事，我盼望它可以在你心里，有小小的光明重现。××，这信到你手边时，你一定也想起从文吧？我告你，我还是老样子，什么也没有改变。在你记忆里保留到的从文，是你到庆华公寓第一次见到的从文，也是其他时节你所知道的从文，我如今就还是那个情形，这不知道应使人快乐还是忧郁？我也有了些不同处，为朋友料不到的，便是"生活"比以前好多了。社会太优待了我，使我想到时十分难受。另一方面，朋友都对我太好了，我也极其难受。因为几年来我做的事并不勤快认真,人越大且越糊涂,任性处更见其任性,不能服侍女人处,也更把弱点加深了。这些事,想到时,我是很忧愁的。关心到我的朋友们,即或自己生活很不在意,总以为从文有些自苦的事情,是应当因为生活好了一点年龄大了一点便可改好的。谁知这些希望都完全是空事情,事实且常常与希望相反,便是我自己越活越无"生趣"。这些话是用口说不分明的,一切猜疑也不会找到恰当的解释,连我自己也不知道,为什么到现在还成天只想"死"。

感谢社会的变迁,时代一转移,就到手中方便,胡乱写下点文章,居然什么工也不必做,就活得很舒服了。同时因这轻便不过的事业,还得到了不知多少的朋友,不拘远近都仿佛用作品成立了一种最好的友谊,算起来我是太幸福了的。可是我好像要的不是这些东西。或者是得到这些太多,我厌烦了。我成天只想做一个小刻字铺的学徒,或一个打铁店里的学徒,似乎那些才是我分上的事业,在那事业里,我一定还可以方便一点,本分一点。我自然不会去找那些事业,也自然不会死去,可是,生活真是厌烦极了。因为这什么人也不懂的烦躁,使我不能安心在任何地方住满一年。去年我在武昌,今年春天到上海,六月来北平,过不久,我又要过青岛去了,过青岛也一定不会久的,我还得走。我自己也不知道我走到哪儿去好。一年人老一年,将来也许跑到蒙古去。这自愿的充军，如分析起来，使人很伤心的。我这"多疑""自卑""怯弱""执着"的性格，综合以后便成为我人格的一半。××，我并不欢喜这人格。我愿意做一个平常的人，有一颗为平常事业得失而哀乐的心，在人事上去竞争，出人头地便快乐，小小失望便忧愁，见好女人多看几眼，见有利可图就上前，这种我们常常瞧不上眼的所谓俗人，我是十分羡慕却永远学不会的。我羡慕他们的平凡，因为在平凡里的他们才真是"生活"。但我的坏性情，使我同这些人世幸福离远了。我在我文章里写到的事，却正是人家成天在另一个地方生活着的事，人家在"生活"里"存在"，我便在"想象"里"生活"。××，一个作家我们去"尊敬"他，实在不如去"怜悯"他。我自己觉得是无聊到万分，在生活的糟粕里生活的。也有些人即或自己只剩下了一点儿糟粕，如××、××；一个无酒可啜的人，是应分用糟粕过日子的。但在我生活里，我是不是已经喝过我分上那一杯？××，我并没有向人生举杯！我分上就没有酒。我分上没有一滴。我的事业等于为人酿酒，我为年轻人解释爱与人生，我告他们女人是什么，灵魂是什么，我又告他们什么是德行，什么是美。许多人从我文章里得到为人生而战的武器，许多人从我文章里取去与女人作战保护自己的盔甲。我得到什么呢？许多女人都为岁月刻薄而老去了，这些人在我印象却永远还是十分年轻。我的义务——我生存的义务，似乎就是保留这些印象。这些印象日子再久一点，总依然还是活泼、娇艳、尊贵。让这些女人活在我的记忆里，我自己，却一天比一天老了。××，这是我的一份。

××，我应当感谢社会而烦怨自己，这一切原是我自己的不是。自然使一切皆生存在美丽里；一年有无数的好天气，开无数的好花，成熟无数的女人，使气候常常变幻，使花有各种的香，使女人具各种的美，任何一个活人，他都可以占有他应得那一份。一个"诗人"或一个"疯子"，他还常常因为特殊聪明，与异常禀赋，可以得到更多的赏赐。××，我的两手是空的，我并没有得到什么，我的空手，因为我是一个"乖僻的汉子"。

读我另一个信吧。我要预备告给你，那是我向虚空里伸手，攫着的风的一个故事。我想象有一个已经同我那么熟悉了的女人，有一个黑黑的脸，一双黑黑的手……是有这样一个人，像黑夜一样，黑夜来时，她仿佛也同我接近了。因为我住到这里，每当黑夜来时，一个人独自坐在这亭子的栏杆上，一望无尽的芦苇在我面前展开，小小清风过处，朦胧里的芦苇皆细脆作声如有所诉说。我同它们谈我的事情，我告给它们如何寂寞，它们似乎比我最好的读者，比一切年轻女人更能理解我的一切。

××，黑夜已来了，我很软弱。我写了那么多空话，还预备更多的空话去向黑夜诉说。我那个如黑夜的人却永不伴同黑夜而来的，提到这件事，我很软弱，心情陷于一种无可奈何的泥淖中。

"年轻体面女人，使用一千个奴仆也仍然要很快地老去，这女人在诗人的诗中，以及诗人的心中，却永远不能老去。"××，你心中一定也有许多年轻人鲜明的影子。

××，对不起，你这时成为我的芦苇了。我为你请安。我捏你的手。我手已经冰冷，因为不知什么原因，我在老朋友面前哭了。

（这个信，给留在美国的《山花集》作者）

一九三一年六月作

三

××：

我想跟你写一个信寄到山上来，赞美天气使你"作"一首好诗。

今天真美，因为那么好天气，是我平生少见的。雨后的虹同雨后的雷还不出奇，最值得玩味的，还是一个人坐在洋车上颠颠簸簸，头上淋着雨，心中想着"诗"。你从前作的诗不行了，因为你今天的生活是一首超越一切的好诗。

自然你上山去不只作诗，也是去读"诗"的。我算到天上虹还剩下一只脚时,你已经爬上山顶了。若在路上不淋雨自然很好,若淋了雨也一定更好。因为目下湿湿的身体,只是目下的事,这事情在回忆里却能放光,非常炫目。回忆的温暖烘得干现在的透湿衣裳,所以我想你不会着凉的。

因为这天气,我这会写散文的人,也写了三千字散文。可是我这散文是写在黑夜做成的纸上的,因为坐在亭子前面,在黑暗里听蛙叫了四点钟。照规矩我是一点钟写八百字,所以算他一个三千的数目。我想到今天倒是顶快乐的日子,因为从没有能安安静静坐到玩四个钟头的。

现在荷花塘里的青蛙还在叫,可是我的灯已经熄了,各处都有声音。一定有鬼,一定有鬼!我睡了是好的,睡到床上就不再怕鬼了,大约鬼是不上床的。

可是我当真应当睡了,蜡烛不知烧死了多少小飞虫,看到这事真是怪凄惨。这时忽然有个绿翅膀蜻蜓一类小东西,扑到蜡汁上,翅膀振动得厉害,我望到那小东西的胡子,在嘴巴边上(一定是胡子)!你说,长了胡子的还不懂厉害,还不知道小心,年轻的怎么能避免在追求光明中烧死?

大约人也有这种就光的兴味,我单是想象到我那一支烛,就很难受了(不吃酒的人听到人说"酒"字脸也得红)。让我提起个你已经忘掉的事,就是我去武昌前到你家里那次谈到哭脸的事。现在还是不行。到武昌，到上海，到北京，再到青岛，我没有办法把那一支蜡烛的影子去掉的。我是不是应当烧枯，还是可以用什么观念保护到自己？这件事我得学习。一只小虫飞到火上去，仿佛那情形很可怜的。虽说想象中的烛不能使翅膀烧焦，想象中的热情也还依然能把我绊倒。

一九三一年六月十九日

寄冒雨上×山的诗人

海上通讯[1]

骑老：得南冠信说要用大相片，就用大的也好。你可以告他一下，我倒以为似乎这是完全不必的事情，因为登载上去或者把别人的幻象全毁了。正如在此教书以前，许多男女学生似乎感到很大趣味，可是待到一见了我这肮脏衣服同旧呢帽下阴沉沉的脸，谈话又差不多和衣饰一样的不足尊重，他们就都不免失望了。我是好像很清楚，我在年轻人面前做人可说都失败了的，所以我近来越觉可怜。

近来每礼拜上课九点钟。有两月左右，就有十五个大学士离校了，这十五个人中我就有八个高足。我自始至终还不明白他们从我学了些什么去。他们都一肚子学问，一肚子聪明，大致有四个或五个将来北平升学。九点钟课一百五十块钱，学校待作家不为不优，可怜的是我教书比读书似乎还受压迫，因为一些不体面的女人同一些体面的女人，毫不吝惜过尊敬，我要这尊敬有什么

---

[1] 海上通讯：沈从文给夏斧心（夏云，燕京大学心理系教授）的信。

用处？疑心尊敬是阴谋，与一些不体面的女人离远了。疑心尊敬是真的尊敬，与一些体面的女人也离远了。一个人的生活，先以为是被别人忽视为悲哀，到现在，觉得忽视也是幸福了。因为最不幸的人，就是自己仿佛站在另一峰顶生活的人，大家见到他，他也见到大家，却好像被生活划成了两个世界。所以学生来求教如何设法与女生认识的事情曾有过，这样，不说自己已经老迈是不行了。

天气也怪，昨几天可以衣单衫，昨天换夹衣，今天换绒皮厚衣，在这样不断变换的天气下，每天看报纸则总是北方政府热闹不休。究竟热不热闹，怎么热闹，还有学府艳闻，本地趣事，择其与大人老爷无关者见告一二，实为大幸。

可以为问题的，譬如燕京新屋照相，全景新照相，西山近来的变迁。西直门的马路为大车碾烂没有？颐和园杨柳为军人卖尽没有？清华园女生下游泳池还成为新闻没有？燕京有新来的好女人没有？×××因之撤职的北大之皇后近来有新闻没有？北京洋车还是崭新吗？凡到真光戏场的还同时到市场打一圈没有？听戏的改为看戏没有？（上海的电影是差不多全已改为又听又看的。）还有，中央公园有人玩没有？还有，北平名人如×××之类，有除了女儿死去以外新事没有？

到此常常见到贵校前名×××，夫婿倒还白脸标致，本人则已半老徐娘不足上台，只常见其推小娃车一辆，中容白胖孩子一枚，另外则其三妹随车而行，长大如其姊，且同为大口阔唇着小蛮靴，踯躅公园中而已。见人之老大，如知自己之不济！近来常有年轻人前来奉承，以为功成名就，应见其乐无涯。告人曰："愿以此时之地位，易一学生地位，于是大胆装痴，择其所欢喜而爱之。于是流泪心烦，写信作诗，于是碰壁，于是颓废……"但现在，做先生，一切权利皆消失到尊敬中矣。似乎有不少人尚张目诧异，以为"难道尊敬不利于活动吗"。因以为北平是适宜于用教授名分得一好女人的便利地方，所以总愿意来试试。其实上海何尝无女人。到上海还说为女人苦恼，当然为呆话而已。不过上海之从文比北京之从文并不变成两个人，其脏其迂，则初不因教书稍有修正。其实此间若谋一治家事，懂学问，耐烦生活，二十四岁女人，尚不缺少，唯不欲费神，懒于应对，只求方便干脆，便以为北方一定胜过南方耳。

上海每天捉青年人，放到监牢里去，这规矩在北平好像也有，不足奇怪。上海有钱的人不少，因此每天有人被绑，这事北平就不如了。上海看电影下午三点，五点半，九点一刻，一共三场。大的洋的，白天楼下一元晚上也一元。小的洋的白天楼下半块。有声音，真刀真枪杀仗，唱夏威夷黑人歌。国际新闻则免不了是美国足球比赛，笑片则是爱尔兰兵士上城里逛游剧场。另外，小的中的只花小洋两毛，有飞来伯老片子。大马路有印度阿三站岗，大石库门房子有白俄将军把门，可不威风凛凛，多是醉意朦胧。三马路小绸缎铺每天作纪念周，大减价拍卖，雇了五个六个穿红制服的肮脏人坐到楼上吹"四季花"拍子，打鼓敲板，许多流氓同土娼就站满了一堆。广西路有大屁股娼妓画眉毛成钩形，在鞋铺门前看鞋子。北京路仍然各处是旧木器，多处是烂书旧报。电车各路皆挤满了人，因为公共汽车罢了工。小报上每天有载登国府要人趣事的消息。《良友杂志》随时有女校皇后和电影明星相片登载到上面，或者用手支颐，或者低头敛脯，都特别比本人标致。闸北四川路，一到下午就有无数年轻男女在街上逛玩，其中一半是学生，一半是土娼流氓，洋野鸡也不少。这地方上海文学家称之为"神秘之街"。到四马路望平街去，所有大书铺皆在那里，到那些书店去时，常可以见到赵景深①，可以见到别的作家。到公园里，全是小洋团团的天下，白发黄毛，都很有趣味。到车站去，有女稽查员搜索女人身上。到旅馆去，各处是唱戏打牌声音。到跳舞场去，只见许多老人家穿长衣带跌带跳地抱了女人的小腰满房子里走。还有跑狗场、回力球场，都极热闹。……上海好处就是这些，也是和北京不同的。还有各处每天

---

① 赵景深：中国戏曲研究家、文学史家、教育家、作家。

皆有新屋落成。有些好房子使人不愿意离开那大门边他去。上海是复杂而又诙谐的地方，许多人一夜发了大财，许多人一夜又输得精光，所以上海流氓似乎比中国内地各处的流氓的总和还多。外国流氓也多得出奇。

我们这里去海很近。去炮台也近。去上海约三十五里。去上海法租界约五十里。来去倒怪方便。到此教书换四次车才能到学校，但一礼拜不少熟人仍然来三次，一来一往计一百里强。

我们这吴淞镇同海甸差不多大，离中公比燕京离海甸远一半，那镇上每天卖鱼，可以敌得过北京城东单菜市的鱼行一年生意。

到五里路外的宝山去，城里的房屋可以用手量大小。也有县，也有做纪念周的党部，警察站岗，全是徐州府人。这些人有时就在街上撒尿，地方古朴可知矣。

上海地方多的是香蕉，岂有此理的多，谁都不欢喜吃，尽它烂掉。

原载一九三〇年《燕大月刊》第六卷第二期

云南看云

昆明冬景

　　新居移上了高处，名叫北门坡，从小晒台上可望见北门门楼上用虞世南体写的"望京楼"的匾额。上面常有武装同志向下望，过路人马多，可减去不少寂寞。我的住屋前面是个大敞坪，敞坪一角有杂树一林。尤加利树瘦而长，翠色带银的叶子，在微风中荡摇，如一面一面丝绸旗帜，被某种力量裹成一束，想展开，无形中受着某种束缚，无从展开。一拍手，就常常可见圆头长尾的松鼠，在树枝间惊窜跳跃。这些小生物又如把本身当成一个球，在空中抛来抛去，俨然在这种抛掷中，能够得到一种生命自足的乐趣，一种从行为中证实生命存在的快乐。且间或稍微休息一下，四处顾望，看看它这种行为能不能够引起其他生物的注意。或许会发现，原来一切生物都各有它的心事。那个在晒台上拍手的人，眼光已离开尤加利树，向虚空凝睇了。虚空一片明蓝，别无他物。这也就是生物中之一种，"人"，多数人中一种人，目前对于生命存在的意义，他的想象或情感，正在不可见的一种树枝间攀缘跳跃，同样略带一点惊惶，一点不安，在时间上转移，由彼到此，始终不息。他是三月前由沅陵坐了二十四天的公路汽车，才独自来到昆明的。

敞坪中妇人孩子虽多，对这件事却似乎都把它看得十分平常，从不曾有谁将头抬起来看看。昆明地方到处是松鼠，许多人对于这小小生物的知识，不过是把它捉来卖给"上海人"，值"中央票子"两毛钱到一块钱罢了。站在晒台上的那个人，就正是被本地人称为"上海人"，花用中央票子，来昆明租房子住、工作、过日子的。住到这里来近于凑巧，因为凑巧反而不会令人觉得稀奇了。妇人多受雇于附近一个小小织袜厂，终日在敞坪中摇纺车纺棉纱。孩子们无所事事，便在敞坪中追逐吵闹，拾捡碎瓦小石子打狗玩。敞坪四面是路，时常有无家狗在树林中垃圾堆边寻东觅西，鼻子贴地各处闻嗅，一见孩子们蹲下，知道情形不妙，就极敏捷地向坪角一端逃跑。有时只露出一个头来，两眼很温和地对孩子们看着，意思像是要说："你玩你的，我玩我的，不成吗？"有时也成。那就是一个卖牛羊肉的，扛了个木架子，带着官秤，方形的斧头，雪亮的牛耳尖刀，来到敞坪中，搁下架子找寻主顾时。妇女们多放下工作，来到肉架边，讨价还钱。孩子们的兴趣转移了方向。几只野狗便公然到敞坪中来，由经验提高了警惕，先是坐在敞坪一角便于逃跑的地方，远远地看热闹。其次是在一种试探形式中，慢慢地走近人丛中来。直到忘形挨近了肉架边，被那羊屠户见着，扬起长把手斧，大吼一声"畜生，走开!"方肯略略走开,站在人圈子外边,用一种非常诚恳非常热情的态度,略微偏着头,欣赏肉架上的前腿、后腿,以及后腿末端那条带毛小羊尾巴,和搭在架旁那些花油。意思像是觉得不拘什么地方都很好,都无话可说,因此它不说话。它在等待,无望无助地等待。照例妇人们在集群中向羊屠户连嚷带笑,加上各种"神明在上,报应分明"的誓语,这一个证明实在赔了本,那一个证明买了他家用的秤并不大,好好歹歹做成了交易,过了秤,数了钱,得钱的走路,得肉的进屋里去,把肉挂在悬空钩子上,孩子们也随同进到屋里去时,这些狗方趁空走近,把鼻子贴在先前一会儿搁肉架的地面,闻嗅闻嗅,或得到点骨肉碎渣,一口咬住,就忙匆匆向敞坪空处跑去,或向尤加利树下跑去。树上正有松鼠剥果子吃,果子掉落地上。上海人走过来拾起嗅嗅,有"万金油"气味,微辛而芳馥。

　　早上六点钟,阳光在尤加利树高处枝叶间,敷上一层银灰光泽。空气寒冷而清爽。敞坪中很静,无一个人,无一只狗。几个竹制纺车瘦骨伶精地搁在一间小板屋旁边。站在晒台上望着这些简陋古老工具,感觉"生命"形式的多方。敞坪中虽空空的,却有些声音仿佛从敞坪中来,在他耳边响着。

　　"骨头太多了,不要这个腿上大骨头。"

　　"嫂子,没有骨头怎么走路?"

"曲蟮有不有骨头？"

"你吃曲蟮？"

"哎哟，菩萨。"

"菩萨是泥的木的，不是骨头做成的。"

"你毁佛骂佛，死后会入三十三层地狱，磨石碾你，大火烧你，饿鬼咬你。"

"活下来做屠户，杀羊杀猪，给你们善男信女吃，做赔本生意，死后我会坐在莲花上，只往上飞，飞到西天一个池塘里，洗个大澡，把一身罪过，一身羊臊血腥气，洗得干干净净！"

"西天是你们屠户去的？白做梦！"

"好，我不去让你们去。我们做屠户的都不去了，怕你们到那地方肉吃不成！你们都不吃肉，吃长斋，将来西天住不下，急坏了佛爷，还会骂我们做屠户的不会做生意。一辈子做赔本生意，不光落得人的骂名，还落个佛的骂名。肉你不要，我拿走。"

"你拿走好！肉臭了，看你喂狗吃。"

"臭了我就喂狗吃，不很臭，我把人吃。红焖好了请人吃，还另加三碗苞谷烧酒，怕不有人叫我做伯伯、舅舅、干老子。许我每天念《莲花经》①一千遍，等我死后坐朵方桌大金莲花到西天去！"

"送你到地狱里去，投胎变一只蛤蟆，日夜哗哗呱呱叫。"

"我不上西天，不入地狱。忠贤区区长告我说，姓曾的，你不用卖肉了吧，你住忠贤区第八保，昨天抽壮丁抽中了你，不用说什么，到湖南打仗去。你个子长，穿上军服排队走在最前头，多威武！我说好，什么时候要我去，我就去。我怕无常鬼，日本鬼子我不怕。派定了我，要我姓曾的去，我一定去。"

"××××××××"

"我去打仗，保卫武汉三镇。我会打枪，我亲哥子是机关枪队长！他肩章上有三颗星，三道银边！我一去就要当班长，打个胜仗，我就升排长。打到北平去，赶一群绵羊回云南来做生意，真正做一趟赔本生意！"

接着便又是这个羊屠户和几个妇人各种赌咒的话语。坪中一切寂静，远处什么地方有军队集合，下操场的喇叭声音在润湿空气中振荡。静中有动。他心想：武汉已陷落三个月了。

屋上首一个人家白粉墙刚刚刷好，第二天，就不知被谁某一个克尽厥职的公务员看上了，印上十二个方字。费很多想象把

---

① 《莲花经》：即《妙法莲华经》，简称《法华经》，是后秦鸠摩罗什翻译的一部影响十分广泛的大乘佛教经典。

字认清楚后，更费很多想象把意思也弄清楚了。只就中间一句话不大明白，"培养卫生"。这好像是多了两个字或错了两个字。这是小事。然而小事若弄得使人糊涂，不好办理，大处自然更难说了。

一会儿，戴着小小铜项铃的瘦马，驮着粪桶过去了。

一个猴子似的瘦脸嘴人物，从某个人家小小黑门边探出头来，"娃娃，娃娃"，娃娃不回声。见景生情，接着他自言自语说道："你哪里去了？吃屎去了？"娃娃年纪已经八岁，上了学校，可是学校因疏散下了乡，无学校可上，只好终日在敞坪里煤堆上玩。"煤是哪里来的？""地下挖来的。""做什么用？""可以烧火。"娃娃知道的同一些专门家知道的相差并不很远。那个上海人心想：你这孩子，将来若可以升学，无妨入矿冶系。因为你已经知道煤炭的出处和用途。好些人就因那么一点知识，被人称为专家，活得很有意义！

娃娃的父亲，在儿子未来发展上，却老做梦，以为长大了应当做设治局长、督办。——照本地规矩，当这些差事很容易发财，发了财，买下对门某家那栋房子。上海人越来越多了，到处有人租房子，肯出大价钱，押租又多。放三分利，利上加利，三年一个转。想象因之丰富异常。

做这种天真无邪的好梦的人恐怕正多着，这恰好是一个地方安定与繁荣的基础。

提起这个会令人觉得痛苦,是不是?不提也好。

因为你若爱上了一片蓝天,一片土地,和一群忠厚老实人,你一定将不由自主地嚷:"这不成!这不成!天不辜负你们这群人,你们不应当自弃,不应当!得好好地来想办法!你们应当得到的还要多,能够得到的还要多!"

于是必有人问:"先生,你这是什么意思?在骂谁?教训谁?想煽动谁?用意何居?"

问得你莫名其妙,不特对于他的意思不明白,便是你自己本来的意思,也会弄糊涂的。话不接头,两无是处。你爱"人类",他怕"变动"。你"热心",他多"心"。

"美"字笔画并不多,可是似乎很不容易认识。"爱"字虽人人认识,可是真懂得它的意义的人却很少。

一九三九年二月

云南看云

　　云南是因云而得名的。可是外省人到了云南一年半载后,一定会和本地人差不多,对于云南的云,除却只能从它变化上得到一点晴雨知识,就再也不会单纯地来欣赏它的美丽了。看过卢锡麟先生的摄影后,必有许多人方俨然重新觉醒,明白自己是生在云南,或住在云南。云南特点之一,就是天上的云变化得出奇。尤其是傍晚时候,云的颜色,云的形状,云的风度,实在动人。

　　战争给许多人一种有关生活的教育,走了许多路,过了许多桥,睡了许多床,此外还必然吃了许多想象不到的苦头。然而真正具有教育意义的,说不定倒是明白许多地方各有各的天气,天气不同还多少影响到一点人事。云有云的地方性:中国北部的云厚重,人也同样那么厚重。南部的云活泼,人也同样那么活泼。海边的云幻异,渤海和南海云又各不相同,正如两处海边的人性情不同。河南的云一片黄,抓一把下来似乎就可以做窝窝头,云粗中有细,人亦粗中有细。湖湘的云一片灰,长年挂在天空一片灰,无性格可言,然而橘子辣子就在这种地方大量产生,在这种天气下成熟，却给湖南人增加了生命的发展性和进取精神。四川的云与湖南云虽相似而不尽相同，巫峡峨眉夹天耸立，高峰把云分割又加浓，云似乎有了生命，人也有了生命。

论色彩丰富，青岛海面的云应当首屈一指。有时五色相煊，千变万化，天空如展开一张图案新奇的锦毯。有时素净纯洁，天空只见一片绿玉，别无他物。看来令人起轻快感、温柔感、音乐感、情欲感。一年中有大半年天空完全是一幅神奇的图画，有青春的嘘息，煽起人狂想和梦想，海市蜃楼即在这种天空显现。海市蜃楼虽并不常在人眼底，却永远在人心中。秦皇汉武的事业，同样结束在一个长生不死青春常在的美梦里，不是毫无道理的。云南的云给人印象大不相同，它的特点是素朴，影响到人性情也应当挚厚而单纯。

云南的云似乎是用西藏高山的冰雪，和南海长年的热浪，两种原料经过一种神奇的手续完成的。色调出奇的单纯，唯其单纯反而见出伟大。尤以天时晴明的黄昏前后，光景异常动人。完全是水墨画，笔调超脱而大胆。天上一角有时黑得如一片漆，它的颜色虽然异样黑，给人感觉竟十分轻。在任何地方"乌云蔽天"照例是个沉重可怕的象征，唯有云南傍晚的黑云，越黑反而越不碍事，且表示第二天天气必然顶好。几年前中国古物运到伦敦展览时，有一个赵松雪作的卷子，名《秋江叠嶂》，净白如玉的澄心堂纸①上用浓墨重重涂抹,淡墨粗粗扫拂,给人印象却十分秀美;云南的云也恰恰如此,看来只觉得黑而秀。

可是我们若在黄昏前后,到城郊外一个小丘上去,或坐船在滇池中,看到这种云彩时,低下头来一定会轻轻地叹一口气。具体一点将发生"大好河山"感想,抽象一点将发生"逝者如斯"感想。心中一定觉得有些痛苦,为一片悬在天空中的沉静黑云而痛苦。因为这东西给了我们一种无言之教,比目前政论家的文章,宣传家的讲演,杂感家的讽刺文,都高明得多深刻得多,同时还美丽得多。觉得痛苦原因或许也就在此。那么好看的云,孕育了在这一片天底下讨生活的人,究竟是些什么?是一种精深博大的人生理想?还是一种单纯美丽的诗的感情?若把它与地面所见、所闻、所有两相对照,实在使人不能不痛苦!

在这美丽天空下,人事方面,我们每天所能看到的,除了空洞的论文,不通的演讲,小巧的杂感,此外似乎到处就只碰到"法币"。商人和银行办事人直接为法币而忙。最可悲的现象,实无过于大学校的商学院,每到注册上课时,照例人数必最多。这些人其所以习经济、学会计,都可说对于生命毫无高尚理想可言,目的只在毕业后能入银行做事。"熙熙攘攘,皆为利往,挤

---

① 澄心堂纸:南唐后主李煜所造的一种细薄光润的纸,以"澄心堂"为名。

挤挨挨，皆为利来，利之所在，群集若蛆。"社会研究所的专家，机会一来即向银行跑。习图书馆的，弄考古的，学外国文学的，因为亲戚、朋友、同乡……种种机会，又都挤进银行或相近金融机关做办事员。大部分优秀脑子，都给真正的法币和抽象的法币弄得昏昏的，失去了应有的灵敏与弹性，以及对于"生命"较高的认识。其余无知识的脑子，成天打算些什么，也就可想而知了。云南的云即或再美丽一点，对于多数人还似乎毫无意义可言的。

近两个月来本市在连续的警报中，城中二十万市民，无一不早早地就跑到郊外去，向天空把一个颈脖昂酸，无一人不看到过几片天空飘动的浮云，仰望结果，不过增加了许多人对于财富得失的忧心罢了。"我的越币下落了"，"我的汽油上涨了"，"我的事业这一年发了五十万财"，"我从公家赚了八万三"，这还是就仅有十几个熟人口里说说的。此外说不定还有三五个教授之流，终日除玩牌外无其他娱乐，会想到前一晚上玩麻雀牌输赢事情，聊以解嘲似的自言自语："我输牌不输理。"这种博学多闻教授先生，当然永远是不输理的，在警报解除以后，还不妨跑到老同学住处去，再玩个八圈，证明一下输的究竟是什么。一个人若乐意在地下爬，以为是活下来最好的姿势，他人劝说不妨试站起来走，或更盼望他挺起脊梁来做个人，当然是不会有什么结果的。

就在这么一个社会这么一种情形中，卢先生却来展览他在云南的照相，告给我们云南法币以外还有些什么。即以天空的云彩言，色彩单纯的云有多健美、多飘逸、多温柔、多崇高！观众人数多，批评好，正说明只要有人会看云，就能从云影中取得一种诗的感兴和热情，还可望将这种尊贵有传染性的感情，转给另外一种人。换言之，就是云南的云即或不能直接教育人，还可望由一个艺术家的心与手，间接来教育人。卢先生照相的兴趣，似乎就在介绍这种美丽感印给多数人，所以作品中对于云物的题材，处理得特别好。每一幅云都有一种不同的性情，流动的美。不纤巧，不做作，不过分修饰，一任自然，心手相印，表现得素朴而亲切，作品成功是必然的。可是得到"赞美"不是艺术家最终的目的，应当还有一点更深的意义。我意思是如果一种可怕的庸俗实际主义，正在这个社会各组织各阶层间普遍流行，腐蚀我们多数人做人的良心，做人的理想，且在同时把许多人有形无形市侩化。社会中优秀分子一部分，所梦想，所希望，也都只是糊口混日子了事，毫无一种较高的情感，更缺少用这情感去追求一个美丽而伟大的道德原则的勇气时，我们这个民族应当怎么办？若大学生读书目的，不是站在柜台边做行员，就是坐在公事房做办事员，脑子都不用，都不想，只要有一碗饭吃就算有了出路。甚至于做政论的，做讲演的，写不高明讽刺文的，习理工的，玩玩文学充文化人的，办党的，信教的……出路也都是只顾眼前。大众眼前固然都有了出路，这个国家的明天，是不是还有希望可言？我们如真能够像卢先生那么静观默会天空的云彩，云物的美丽，也许会慢慢地陶冶我们，启发我们，改造我们，使我们习惯于向远景凝眸，不敢堕落，不甘心堕落，我以为这才像是一个艺术家最后的目的。正因为这个民族是在求发展，求生存，战争了已经三年，战争虽败北，不气馁，虽死亡万千人民，牺牲无数财富，亦仍然能坚持抗战，就为的是这战争背后还有个庄严伟大的理想，使我们对于忧患之来，在任何情形下都能忍受。我们其所以能忍受，不特是我们要发展，要生存，还要为后来者设想，使他们活在这片土地上，更好一点，更像人一点！我们责任那么严重而且又那么困难，所以不特多数知识分子必然要有一个较坚朴的人生观，拉之向上，推之向前，就是做生意的，也少不了需要那么一分知识，方能够把企业的发展与国家的发展，放在同一目标上，分道并进，异途同归。

举一个浅近的例来说说：我们的眼光注意到"出路""赚钱"以外，若还能够估量到在滇越铁路的另一端，正有多少鬼蜮成性阴险狡诈的木屐儿，圆睁两只鼠眼，安排种种巧计阴谋，在武力与武器无作用地点，预备把劣货倾销到昆明来，且把推销劣货的责任，要派给昆明市的大小商家时，就知道学习注意远处，实在是目前一件如何重要的事情！照相必选择地点，取准角度，方可望有较好效果。做人何尝不是一样。明分际，识大体，"有所不为"，敌人虽花样再多，劣货在有经验商家的眼中，总依然看得出。取舍之间是极容易的。若只图发财，见利忘义，"无所不为"，日本货变成国货，改头换面，不过是翻手间事！劣货推销仅仅是若干有形事件中之一种。此外各层知识阶级中不争气处，所作所为，实有更甚于此者。

所以我觉得卢先生的摄影，不只是给人看看，还应当引人深思。

一九四〇年作于昆明

怀昆明

因为战争，寄寓云南不知不觉就过了九年。初到昆明时，事有凑巧，住处即在五省联帅唐蓂赓[①]住宅对面，湖南军人蔡松坡[②]先生住过的一所小房子中。斑驳陆离的瓷砖上，有宣统二年建造字样。老式的一楼一底，楼梯已霉腐不堪，走动时便轧轧作声，如打量向每个登楼者有所陈诉。大大的砖拱曲尺形长廊，早已倾斜，房东刘先生便因陋就简，在拱廊加上几个砖柱。院子是个小小土坪，点缀有三人方能合抱的大尤加利树两株，二十丈高摇摇树身，细小叶片在微风中绿浪翻银，使人想起树下默不言功的将军冯异[③]，和不忍剪伐的召伯甘棠[④]，瓦檐梁柱和树枝高处，长日可看见松鼠三三五五追逐游戏，院中闲静萧条亦可想象。这房

[①] 唐蓂赓：即唐继尧。
[②] 蔡松坡：即蔡锷，湖南邵阳人。1915年在云南组织护国军，发动反对袁世凯的起义。
[③] 冯异：东汉著名军事家，协助刘秀创建东汉政权，为刘秀偏将军，封应侯。诸将并坐论功，他常退避树下。
[④] 召伯甘棠：周代召伯南巡时，曾在甘棠树下休息，人们因相诫不要伤害这树，并称之为"召棠"。

屋的简陋情况，和路东那座美轮美奂以花木亭园著名西南各省的唐公馆，恰做成一奇异的对比。若有人注意到这个对比，温习过去历史时，真不免感慨系之！原来这两所房子和推翻帝制都有关系。战事发生不久，唐公馆则已成为老米①的领事馆，我住的一所，自然更少有人知道注意了。

"护国"已成一个历史名词，"反对帝制"努力也由时间冲淡，年轻人须从教科书中所加的注解，方能明白这些名词所包含的意义了。可是我住昆明九年，不拘走到什么地方去，不拘碰到的是县长委员还是赶马老汉，寒暄请教时，从对面那一位语言神气间，却总看得出一点相同意思，"喔，你家湖南，湖南人够朋友！蔡锷、朱湘溪②都是这个。"于是跷起大拇指，像是大勋章，这种包含信托、尊重以及一点儿爱好的表示，是极容易令人感觉到的。表示中正反映本地人对松坡先生"够朋友"的深刻良好印象。松坡先生虽死去了三十年，国人也快把他忘掉了，他的素朴风度宽和伟大人格，还好好留在云南。寄寓云南的湖南军人极多，对这种事不知作何感想。至于我呢，实异常受刺激。明白个人取予和桑梓毁誉影响永远不可分。在民族性比较上，湖南人多长于各自为战，而不易黏附团结，然而个人成就终究有种超乎个

---

① 老米：指美国。
② 朱湘溪：湖南凤凰人，曾任护国军参谋长。

人的影响牵连存在，且通过长长的岁月，还好好存在。松坡先生在云南的建树，是值得吾人怀念，更值得湖南军人取法的。

湖南人够朋友，当然不只松坡先生。谈革命，首先还应数及老战士黄克强先生。"湖南人够朋友"这句话，就是三十五年以前孙中山先生对克强先生说的。凡熟悉中国革命史的学人，都必然明白革命初期所遭遇的挫折。克服种种困难，把帝制推翻，湖南人对革命的忠诚、热忱、勇敢、负责，始终其事，实大有关系。而这点够朋友处，最先即见于中山先生和黄克强先生的友谊上，其次复见于唐蓂赓先生和松坡先生的关系下，再其次还见于北伐时代年轻军人行为上，直到八年抗战，卫国守土，更得到充分表现机会。记得民二十以前，在上海见蒋百里①先生时，因为谈起湖南的兵，他就说了个关于兵的故事。他说，德国有个文化史学者，讨论民族精神时，曾把日本人加以分析，认为强韧坚实足与中国的湖广人相比，热忱明朗还不如。日本想侵略中国，必须特别谨慎小心。中国军事防线，南北两方面都极脆弱，加压力即容易摧毁。但近于天然的心理防线，头一道是山东河南的忠厚朴质，不易克服，次一道是湖南广东的热情僵持，更难处理。这个形容实伤害了日本人不可一世的骄傲自大心，便为文驳问那德

---

① 蒋百里：即蒋方震，浙江人。曾任保定军校校长、吴佩孚军总参谋长，国民党军事委员会高等顾问、陆军大学代理校长等职。

国学者，何所见而云然？那德国人极有风趣，只引了两句历史上的成语作为答复，"楚虽三户，亡秦必楚"。以为凡想用秦始皇兼并方式造成的局势，就终必有一天会被打倒推翻。三户武力何能亡秦？居然能亡秦，那点郁郁不平有所否定的气概，是重要原因！百里先生后来还写了一本书，借用了那个德国学者口气，向多数中国人说，中国若与日本作战，一时失利是必然的。不怕败，只要不受敌人的狡诈欺骗所做成的假象蒙蔽，日本想征服中国，就不可能成功。百里先生虽然抗战第二年即不幸过世，他的对于国家人民深刻信心和明智见解，以及所称引的先知预见，却已经得到证实。日本的侵略行为，在中国遭遇的最大阻碍，从长沙、常德、衡阳、宝庆[①]的争夺战已得到极好教训。日本在中国境内的败北，是从湘省西南雪峰山起始的。日本在印缅军事的失利，敌手恰好又大多是湖南军人。提起这件事，固能增加每个湖南军人的光荣，但这光荣的代价也就不轻啰！因为虽骄傲实谨慎的日本军人，一定记忆住那个警告，忧虑大东亚独霸的好梦，会在热情僵持的湖南人面前撞碎，在湖南境内战事进行时，惨酷激烈就少见。八年苦战的结果，实包含了万千忠于国土的湖南军民生命牺牲，以及百十城市的全部毁灭。尽管如此牺牲，湖南人始

---

① 宝庆：即今邵阳。

终还有这点自信,即只要有土地,有人民,稍稍给以时间,便可望从一堆瓦砾上建设起更新更大的城市。可是人的损失,事实上已差不多了。不仅身当其冲的多已完事,即幸而免的老弱残余,留在断垣残瓦荒田枯井边活受罪,待着逼近的灾荒一来临,还不免在无望无助情形下陆续为死亡收拾个干干净净!灾情的严重一面是无耕具,少下田的得用多力的牲口。情形已极端严重时,方稍稍引起负责方面的注意,得到一点点救济,稍稍喘一口气。可是国库大过赈济百倍的经常担负,却是把一些待退役转业的军官收容下来,尽这些有功于国的军人,在应遣散不即遣散,待转业又从不认真为其准备转业情况中等待下去。等待什么?还不是等个机会,来把美国剩余军火,重新加以装备,在国内各地砰砰訇訇进行那个"战争"!(这种收容军官机构,据一个同乡军官说,全国约二十个,人数在十二万以上,其中至少有三分之一就是湖南人。总队长、大队长且有三分之二是湖南人。)试分析一下活在这个中国谷仓边人民普通死亡的远因近果,以及国内当前可忧虑局势的发展,我们就会明白湖南人自傲的"无湘不成军"一句话,实含有多少悲剧性!对国家,湖南人总算够朋友了。可是国家负责方面,对于这片土地上人民的当前和未来,是不是还有点责任待尽?赈济湘灾,政府方面既不大关心,湖南人还得自救。最近在云南一发动募捐,数日即已过两万万,且超过了全国募捐总纪录。对湖南,云南人也总算够朋友了。可是寄寓云南的湖南人，是不是还需要从各方面努点力，好把松坡先生三十年前所建立于当地的良好友谊，加以有效地扩大，莫使它在小小疏忽中，以及岁月交替中失去？

国内局面既如此混沌，正若随时随地均可恶化。在这个情况下，许多情绪郁结待找出路的失业军人，或因头脑单纯，或因好事喜弄，自不免禁不住要做英雄打天下的糊涂梦，只要有东西在手，大打小打无不乐意从事。然稍稍认识国家人民破碎糜烂已到何等状况下的人，对于武力与武器的使用，便明白不问大小，不能不万分谨慎小心！云南人性情坦白直爽，可供我们湖南人学习的还多。明大义，识大体，对内战深怀厌恶忧惧不为全无头脑。

适应时代，一般说来且比湖南人为强。社会睿智明达之士，眼光远大，见事深刻，对国家民主特具热忱幻念者，更不乏人。日前闻李惨案发生后，大姚李一平先生，即电云南省参议会同乡说："此事发生于昆明市中光天化日之下，实近于吾滇之耻辱。务必将其事追究水落石出，以慰死者，以明是非。"

目前在云南负军事责任的为湖南人，负昆明地方治安责任的亦湖南人，如何使这件事水落石出，彻底清楚，驻滇的湖南高级军官，实有其责任和义务待尽。若事不明白，或如"一二•一"学生惨案，就以为可马马虎虎过去，也近于湖南人着耻，云南人多的是钱，且不少开明头脑，如湖南人建议将唐公馆买来，好好修整一番，作为云南人和湖南人对争取民主和平牺牲者一种共同努力的象征，我认为将是中国人共同拊掌的赞赏的好事。至于松坡先生所住的小小房子，湖南同乡实在也值得集资筹措，妥慎保存，留为一湘贤纪念，且可为湘滇两地人士为国事合作良好友谊的象征。每一高级湖南军官，初到云南时，如能在那小房子中住住，与当地贤豪长者相过从，就必然会为一种崇高情绪所浸润，此后对国家，对地方，对个人，知道随时随处还有多少好事可做，还有多少好事待做，西南一隅明日传给国人的消息，也自然会化乖戾为祥和，只听说建设与进步，不至于依然是暴徒白昼杀人，或更大如苏北山西种种不幸！

一九四六年八月九日作完

原载一九四六年八月十三日上海《大公报》

绿 魇

一、绿

我躺在一个小小山地上，四围是草木蒙茸枝叶交错的绿荫，强烈阳光从枝叶间滤过，洒在我身上和身前一片带白色的枯草间。松树和柏树做成一朵朵墨绿色，在十丈远近河堤边排成长长的行列。同一方向距离稍近些，枝柯疏朗的柿子树，正挂着无数玩具一样明黄照眼的果实。在左边，更远一些公路上，和较近人家屋后，尤加利树高摇摇的树身，向天直矗，狭长叶片杨条鱼一般在微风中闪泛银光。近身园地中那些石榴树，每丛相去丈许各自在阳光下立定，叶子细碎绿中还夹杂些鲜黄，阳光照及处都若纯粹透明。仙人掌的堆积物，在园坎边一直向前延展，若不受小河限制，俨然即可延展到天际。肥大叶片绿得异常哑静，对于阳光竟若特有情感，吸收极多，生命力因之亦异常饱满。最动人的还是身后高地那一片待收获的高粱，枝叶在阳光雨露中已由青泛黄，各顶着一丛丛紫色颗粒，在微风中特有一种萧瑟感，同时从成熟状态中也可看出这一年来人的劳力与希望结合的庄严。从松柏树的行列罅隙间，还可看到远处浅淡的绿原，和那些刚由闪光锄头翻过的赭色田亩相互交错，以及镶在这个背景中的村落，村落尽头那一线银色湖光。在我手脚可及处，却可从银白光泽的狗尾草细长枯杆和黄茸茸杂草间，发现各式各样绿得等级完全不同的小草。

我努力想来捉捕这个绿芜照眼的光景，和在这个清洁明朗空气相衬，从平田间传来的锄地声，从村落中传来的舂米声，从山坡下一角传来的连枷扑击声，从空气中传来的虫鸟搏翅声，以及由于这些声音共同形成的特殊静境，手中一支笔，竟若丝毫无可为力。只觉得这一片绿色，一组声音，一点无可形容的气味综合所做成的境界，使我视听诸官觉沉浸到这个境界中后，已转成单纯到不可思议。企图用充满历史霉斑的文字来写它时，竟是完全的徒劳。

地方对于我虽并不完全陌生，可是这个时节耳目所接触，却是个比梦境更荒唐的实在。

强烈的午后阳光，在云上，在树上，在草上，在每个山头黑石和黄土上，在一枚爬着的飞动的虫蚁触角和小脚上，在我手足颈肩上，都恰像一只温暖的大手，到处给以同样充满温情的抚摩。但想到这只手却是从亿万里外向所有生命伸来的时候，想象便若消失在天地边际，使我觉得生命在阳光下，已完全失去了旧有意义了。

其时松树顶梢有白云驰逐，正若自然无目的的游戏。阳光返照中，天上云影聚拢复散开；那些大小不等云彩的阴影，便若匆匆忙忙地如奔如赴从那些刚过收割期不久的远近田地上一一掠过，引起我一点新的注意。我方从那些灰白色残余禾株间，发现了些银绿色点子。原来十天半月前，庄稼人趁收割时嵌在禾株间的每一粒蚕豆种子，在润湿泥土与和暖阳光中，已普遍从薄而韧的壳层里，解放了生命，茁起了小小芽梗，有些下种较早的，且已变成绿芜一片。小溪上这里那里到处有白色蜉蝣蚊蠓，在阳光下旋成一个柱子，队形忽上忽下，表示对于暂短生命的悦乐。阳光下还有些红黑对照色彩鲜明的小甲虫，各自从枯草间找寻可攀缘的白草，本意俨若就只是玩玩，到了尽头时，便常常从草端从容堕下，毫不在意，使人对于这个小小生命所具有的完整性，感到无限惊奇。忽然间，有个细腰大头黑蚂蚁，爬上了我的手背，仿佛有所搜索，到后便停顿在中指关节间，偏着个头，缓慢舞动两个小小触须，好像带点怀疑神气，向阳光提出询问："这是什么东西？有什么用处？"

我于是试在这个纸上，开始写出我的回答："这个古怪东西名叫手爪，和这个动物的生存发展大有关系。最先它和猴子不同处，就是这个东西除攀树走路以外，偶然发现了些别的用途。其次是服从那个名叫脑子的妄想，试做种种活动，把石头磨成武器，用木头摩擦生火，因此这类动物中慢慢地就有了文化和文明，以及代表文化文明的一切事事物物。这一处动物和那一处动物，既生存在气候不同物产不同迷信不同环境中，脑子的妄想以及由于妄想所产生的一切，发展当然就不大一致，到两方面失去平衡时，因此就有了战争。战争的意义，简单一点说来，便是这类动物的手爪，暂时各自返回原始的用途，用它来撕碎身边真实或假想的仇敌，并用若干年来手爪和脑子相结合产生的精巧工具，在一种多少有点疯狂恐怖情绪中，毁灭那个妄想与勤劳的堆积物，以及一部分年轻生命。必须重新得到平衡后，这个手爪方有机会重新转用到有意义的方面去。那就是说生命的本来，除战争外有助于人类高尚情操的种种发展。战争的好处，凡是这类动物都异常清楚，我向你可说的也许是另外一回事，是因动物所住区域和皮肤色泽产生的成见，与各种历史上的荒谬迷信，可能会因之而消失，代替来的虽无从完全合理，总希望可能比较合理。正因为战争像是永远去不掉的一种活动，所以这些动物中具妄想天赋也常常被阿谀势力号称'哲人'的，还有对于你们中群的组织，加以特别赞美，认为这个动物的明日，会从你们组织中取法，来做一切法规和社会设计的。关于这一点你也许不会相信。

可是凡是属于这个动物的问题，照例有许多事，他们自己也就不会相信！他们的心和手结合为一形成的知识，已能够驾驭物质，征服自然，用来测量在太空中飞转星球的重量和速度，好像都十分有把握，可始终就不大能够处理名为'情感'的这个名词，以及属于这个名词所产生的种种悲剧。大至于人类大规模的屠杀，小至于个人家庭纠纠纷纷，一切'哲人'和这个问题碰头时，理性的光辉都不免失去，乐意转而将它交给'伟人'或'宿命'来处理。这也就是这个动物无可奈何处。到现在为止，我们还缺少一种哲人，有勇气敢将这个问题放到脑子中向深处追究。也有人无章次地梦想过，对伟人宿命所能成就的事功怀疑，可惜使用的工具却已太旧，因之名叫'诗人'，同时还有个更相宜的名称，就是'疯子'。"

那只蚂蚁似乎并未完全相信我的种种胡说，重新在我手指间慢慢爬行，忽若有所悟，又若生怕触犯忌讳，急匆匆地向枯草间奔去，即刻消失了。它的行为使我想起十多年前一个同船上路的大学生，当我把脑子想到的一小部分事情向他道及时，他那种带着谨慎怕事惶恐逃走的神情，正若向我表示："一个人思索太荒谬不近人情。我是个规矩公民，要的是份可靠工作，有了它我可以养家活口。我的理想只是无事时玩玩牌，说点笑话，买个储蓄奖券。这世界一切都是假的，相信不得，尤其关于人类向上书呆子的理想。我只见到这种理想和那种理想冲突时的纠纷混乱,把我做公民的信仰动摇,把我找出路的计划妨碍。我在大学读过四年书,所得的好结论,就是绝对不做书呆子,也不受任何好书本影响!"快二十年了,这个公民微带嘶哑充满自信的声音,还在我耳际萦回。这个朋友这时节说不定已做了委员、厅长或主任。在世界上活得也好像很尊严、很幸福。

一双灰色斑鸠从头上飞过,消失到我身后斜坡上那片高粱地中去了,我于是继续写下去,试来询问我自己:

"我这个手爪,这时节有些什么用处?将来还能够做些什么?是顺水浮舟,放乎江潭?是酾糟啜醨,拖拖混混?是打拱作揖,找寻出路?是卜课占卦,遣有涯生?"

自然是无结论可得。一片绿色早把我征服了。我的心在这个时节就毫无用处,没有取予,缺少爱憎,失去应有的意义。在阳光变化中,我竟有点怀疑,我比其他绿色生物,究竟是否还有什么不同处。很显明,即有点分别,也不会比那生着桃灰色翅膀,颈臂上围条花带子的斑鸠,与树木区别还来得大。我仿佛触着了生命的本体。在阳光下包围于我身边的绿色,也正可用来象征人生,虽同一是个绿色,却有各种层次。绿与绿的重叠,分量比例略微不同时,便产生各种差异。这片绿色既在阳光下不断流动,因此恰如一个伟大乐曲的章节,在时间交替下进行,比乐律更精微处，是它所产生的效果，并不引起人对于生命的痛苦与悦乐，也不表现出人生的绝望和希望。它有的只是一种境界，在这个境界中，似乎人与自然完全趋于谐和，在谐和中又若还具有一分突出自然的明悟。必须稍次一个等级，才能和音乐所煽起的情绪相邻，再次一个等级，才能和诗歌所传递的感觉相邻。然而这个层次的降落原只是一种比拟，因为阳光转斜时，空气已更加温柔，那片绿原中渐渐染上一层薄薄灰雾，远处山头有由绿色变成黄色的，也有由淡紫色变成深蓝色的。正若一个人从壮年移渡到中年，由中年复转成老年，先是鬓毛微斑，随即满头如雪，生命虽日趋衰老，一时可不曾见出齿牙摇落的日暮景象。其时生命中杂念与妄想，为岁月漂洗而去尽，一种清净纯粹之气，却形于眉宇神情间。人到这个状况下时，自然比诗歌和音乐更见得素朴而完整。

我需要一点欲念，因为欲念若与那个社会限制发生冲突，将使我因此而痛苦。我需要一点狂妄，因为若扩大它的作用，即可使我从这个现实光景中感到孤单。不拘痛苦或孤单，都可将我重新带进这个乱糟糟的人间，让固执的爱与热烈的恨，抽象或具体的交替来折磨我这颗心，于是我会从这个绿色次第与变化中，发现象征生命所表现的种种意志。如何形成一个小小花蕊，创造出一根刺，以及那个凭借草木在微风中摇荡飞扬旅行的银白色茸茸毛种子，成熟时自然轻轻爆裂弹出种子的豆荚，这里那里还无不可发现一切有生为生存与繁殖所具有的不同德行。这种种德行，又无不本源于一种坚强而韧性的试验，在长时期挫折与选择中方能形成。我将大声叫嚷："这不成！这不成！我们人类的意志是个什么形式？在长期试验中有了些什么变化和进展？它存在，究竟何处？它消失，究竟为什么而消失？一个民族或一种阶级，它的逐渐堕落，是不是纯由宿命，一到某种情形下即无可挽救？会不会只是偶然事实，还可能用一种观念一种态度将它重造？我们是不是还需要些人，将这个民族的自尊心和自信心，用一些新的抽象原则，重建起来？对于自然美的热烈赞颂，对传统世故的极端轻蔑，是否即可从更年青一代见出新的希望？"

不知为什么，我的眼睛却被这个离奇而危险的想象弄得迷蒙潮润了。

我的心，从这个绿荫四合所做成的奇迹中，和斑鸠一样，向绿荫边际飞去，消失在黄昏来临以前的一片灰白雾气中，不见了。

……一切生命无不出自绿色，无不取给于绿色，最终亦无不被绿色所困惑。头上一片光明的蔚蓝，若无助于解脱时，试从黑处去搜寻，或者还会有些不同的景象。一点淡绿色的磷光，照及范围极小的区域，一点单纯的人性，在得失哀乐间形成奇异的式样。由于它的复杂与单纯，将证明生命于绿色以外，依然能存在，能发展。

二、黑

同样是强烈阳光中，长大院坪里正晒了一堆堆黑色的高粱，几只白母鸡在旁边啄食。一切寂静，院子一端草垛后的侧屋中，有木工的斧斤削砍声，和低沉人语声，更增加这个乡村大宅的静境。

当我第一次用"城里人"身份，进到这个乡户人家广阔庭院中，站在高粱堆垛间，为迎面长廊承尘梁柱间的繁复炫目金漆彩绘呆住时，引路的马夫，便在院中用他那个为烟草所毁发沙带哑的嗓子嚷叫起来："二奶奶，二奶奶，有人来看你房子！"

那几只白母鸡起始带点惊惶神气，奔窜到长廊上去。二奶奶于是从大院左侧断续斧斤声中厢屋走了出来。六十岁左右，一身的穿戴，一切都是三十年前老辈式样，额间玄青缎勒正中镶上一片绿玉，耳边两个玉镶大金环，阔边的袖口和衣襟，脸上手上象征勤劳的色泽和粗线条皱纹，端正的鼻梁，微带忧郁的温和眼神，以及从相貌中即可发现的一颗厚道单纯的心，我心想：房子好，环境好，更难得的也许还是这个主人，一个本世纪行将消失、前一世纪的正直农民范本。

我稍微有点担心，即这房子未必有希望由我来处分。可是一分钟后，我就明白这点忧虑为不必要了。

于是照一般习惯，我开始随同这个肩背微偻的老太太，各处慢慢走去。从那个充满繁复雕饰涂金绘彩的长廊，走进靠右的院落。在门廊间小小停顿时，我不由得不带着诚实赞美口气说："老太太，你这房子真好！木材多整齐，工夫多讲究！"

正像这种赞美是必然的，二奶奶便带着客气的微笑，指点第一间空房给我看，一面说："不好，不好，好哪样！城里好房子多呐多！"

于是我们在雕花槅扇间，在镂空贴金拼嵌福寿字样的过道窗口下，在厅子里，在楼梯边，在一切分量沉重式样古拙朱漆灿然的家具旁，在连接两院低如船厅的长方形客厅中，在宽阔楼梯上，在后楼套房小小窗口那一缕阳光前，在供神木座一堆黝黑放光的铜像左右，到处都停顿了一会儿。这其间，或是二奶奶听我对于这个房子所做的颂扬，或是我听二奶奶对于这个房子种种说明。最后终于从靠右一个院落走出，回到前面大院子中，在那个六方边沿满是浮雕戏文故事的青石水缸旁站定，一面看木工拼合寿材，一面讨论房子问题。

"先生看可好？好就搬来住！楼上、楼下，你要的我就打扫出来。那边院子归我做主，这边归三房，都好商量。可要带朋友来看看？"

"老太太，房子太好了。不用再带我那些朋友来看也成。我们这时节就说好，不许翻悔。后楼连佛堂算六间，前楼三间，楼下长厅子算两间，全部归我。今天二十五号，下月初我们一定会搬来。老太太你可不能翻悔，又另外答应别人，这是不成的。"

"好啰，好啰，就是那么说，只管来好了。我们不是城里那些租房子的。乡下人心直口直，说一是一，你放心就是。"

走出了这个人家大门，预备上马回到小县城里去看看时，已不见原来那匹马和马夫，门前路坎边，有个乡下公务员模样的中年人，正把一匹小小枣骝马系在那一株高大仙人掌树干上。当真的，一匹马系在一丈五六高的仙人掌树干上。那树上还正开放一簇簇酒杯大黄花！景象自然也是我这个城里人少见的。转过河堤前时，才看到马和马夫共同在那道小河边饮水。

这房子第一回给我的印象，竟简直像做个荒唐的梦。那个寂静的院落，那青石做成的雕花大水缸，那些充满东方人幻想将巧思织在对称图案上的金漆槅扇，那些大小笨重的家具，尤其是后楼那几间小套房，房间小小的，窗口小小的，下午三点左右一缕阳光斜斜从窗口流进，由暗朱色桌面逼回，徘徊在那些或黑或灰庞大的瓶罍间，所形成的那种特别空气，那种稀有情调，说陌生可并不吓怕，虽不吓怕可依然不易习惯，真使人不大相信是一个房间，这房间且宜于普通人住下！可是事实上，再过三五天，这些房间便将有大部分归我随意处分，我和几个朋友，就会用这些房间来做家了！

在马上时，我就试把这些房间一一分配给朋友：作画的宜在楼下那个长厅中，虽比较低矮，可相当宽阔光亮。弄音乐的宜住后楼，虽然光线不足，有的是僻静，人我两不相妨，至于那个特殊情调，对于习音乐的也许还更相宜。前楼那几间单纯光亮房子，自然就归给我了。因为由窗口望出去，远山近树的绿色，对于我的工作当有帮助；早晚由窗口射进来的阳光，对于孩子们健康实真需要。正当我猜想到房东生活时，那个肩背微伛的马夫，像明白我的来意，便插口说：

"先生，可看中那房子？这是我们县里顶好一所大房子。不多不少，一共做了十二年。橡子柱子亏老爹上山一根一根找来！你试留心看看，那些窗棂子雕的菜蔬瓜果，蛤蟆和兔子，样子全不相同，是一个木匠主事，用他的斧头凿子做成功的！还有那些大门和门闩，扣门锁门定打的大铁老鸹褂袢，那些承柱子的雕花石鼓，那些搬不出房门的大木床，哪一样不是我们县里第一！往年老当家的在世时，看过房子的人跷起大拇指说：'老爹，呈贡县唯有你这栋房子顶顶好！'老爹就笑起来说：'好哪样！你说得好。'其实老爹累了十二年，造成这栋大房子，最快乐的事，就是人说这句话。他有空儿回答这句话。相貌活像个土地公公，见人就笑。修路搭桥，一生做了多少好事！在老房子住时，看坎上有匹白马，长得好膘头，看了八年，才把地买来。动工一挖，原来是四水缸白银元宝。先生你算算值多少！可是老爹为人脾气怪，房子好了不让小伙子住，说免得耗折福分。房子造好后好些房间都空着，老爹就又在那个房子里找木匠做寿材，自己监工，四个木匠整整做了一年，前后油漆了几十次，阴宅好后，他自己也就死了。新二房大爹接手当家，爱热闹要大家迁进来住，谁知年轻小伙子各另有想头，读书的，做事的，有了新媳妇的，都乐意在省上租房子住。到老的讨了个小太太后，和二奶奶合不来，老的自己也就搬回老屋，不再在新房子里住。所以如今就只二奶奶守房子。好大栋房子，拿来收庄稼当仓屋用！省上有人来看房子时，二奶奶高高兴兴带人楼上楼下打圈子，听人说房子好时，一定和那个老爹一样，会说'好哪样'。二奶奶人好心好，今年快近七十了。大爹口曼，别的学不到，只把过世老爹没有的古怪脾气接过了手，家里人大小全都合不来。这几天听说二奶奶正请了可乐村的木匠做寿材，两副大四合寿木，要好几千中央票子！老夫老妇在生合不来，死后可还得埋在一个坑里去。……家里如今已不大成。老当家在时，一共有十二个号口，十二个大管事来来去去都坐软兜轿子，不肯骑马。老爹过去后减成三个号口。民国十二年，土匪看中了这房子，来住了几天，挑去了两担首饰银器，十几担现银元宝，十几担烟土。省里队伍来清乡，打走土匪后，说是这房子窝藏过土匪，又把剩下的东东西西扫刮搬走。这一来一往，家里也就差不多了。如今想发旺，恐怕要看小的一代去了。……先生，你可当真预备来疏散？房子清爽好住，不会有鬼的！"

从饶舌的马夫口里，无意中得到了许多关于这个房子的历史传说，恰恰补足了我所要知道的一切。

我觉得什么都好，最难得的还是和这个房子有密切关系的老主人，完全贴近土地的素朴的心，素朴的人生观。不提别的，单说将近半个世纪生存于这个单纯背景中所有的哀乐式样，就简直是一个宝藏，一本值得用三百五十页篇幅来写出的动人故事！我心想，这个房子，因为一种新的变动，会有个新的未来，房东主人在这个未来中，将是一个最动人的角色。

一个月后，我看过的一些房间，就已如我所估想的住下了人，此外在其他房间中，也住了些别的人。大房子忽然热闹了起来。四五个灶房都升了火，廊下到处牵上了晒衣裳的绳子，在强烈阳光下，各式各样衣物被单如彩色旗帜飘动。小孩子已发现了几个花钵中的蓓蕾，二奶奶也发现了小孩子在悄悄地掐折花朵，人类机心似乎亦已起始在二奶奶衰老生命和几个天真无邪孩子间，有了些微影响。后楼几个房间和那两个佛堂，更完全景象一新，一种稀有的清洁，一种年轻女人代表青春欢乐的空气。佛堂既做了客厅，且做了工作室，因此壁上的大小乐器，以及这些乐器转入手中时伴同年青歌喉所做成的细碎嘈杂，自然无一不使屋主人感到新的变化。

过不久，这个后楼佛堂的客厅中，就有了大学教授和大学生，成为谦虚而随事服务的客人，起始陪同年轻女孩子做饭后散步，带了点心食物上后山去野餐，还常常到三里外长松林间去玩赏白鹭群。故事发展虽慢，结束得却突然。有一回，一个女孩赞美白鹭，本意以为这些俊美生物与田野景致相映成趣。一个习社会学的大学教授，却充满男性的勇敢，向女孩子表示，若有支猎枪，就可把松树顶上这些白鹭一只一只打下来。这一来白鹭并未打下，倒把结婚希望打落，于是留下个笑话，仿佛失恋似的走了。大学生呢，读《红楼梦》十分熟悉，欢喜背诵点旧诗，可惜几个女孩却不大欣赏这种多情才调。二奶奶依然每天早晚洗过手后，就到佛堂前来敬香，点燃香，作个揖，在北斗七星灯盏中加些清油，笑笑地走开了。遇到女孩子们在玩乐器时，间或也用手试摸摸那些能发不同音响的筝笛琵琶，好像对于一个陌生孩子的慈爱。也坐下来喝杯茶，听听这些古怪乐器在灵巧手指间发出的新奇声音。这一切虽十分新奇，对于她内部的生命，却并无丝毫影响，对于她日常生活，也无何等影响。

随后楼下的青年画家，也留下些传说于几个年轻女孩子口中，独自往滇西大雪山下工作去了。住处便换了一对艺术家夫妇，和一个有天才称誉的小女孩子。壁上悬挂了些中画和西画，床前供奉了观音和耶稣，房中常有檀香山洋琵琶弹出的热情歌曲，间或还夹杂点充满中国情调新式家庭的小小拌嘴，正因为这两种生活交互替换，所以二奶奶即或从窗边走过，也决不能想象得出这一家有些什么问题发生。去了一个女仆，又换来一个女仆，这之间自然不可免还有了些小事情，影响到一家人的意识形态。先生为人极谦虚有礼，太太为人极爱美好客，想不到两种好处放在一处反多周章。小女孩在这种家庭空气中，性情发展得也就不大正常，应当知道的不知道，不知道的偏知道。且不明白如何一来，当家的大爹，忽然又起了回家兴趣，回来时就坐在厅子中，一面随地吐痰，一面打鸡骂狗。以为这个家原是他的产业，不许放鸡到处屙屎，妨碍卫生。艺术家夫妇恰好就养了几只鸡，这些扁毛畜生可不大能体会大爹脾气，也不大讲究卫生，因之主客之间不免冲突起来。于是有一个时节，这个院子便可听到很热烈的辩论争吵声。大爹一面吵骂不许鸡随便屙屎，一面依然把黄痰向各处远远唾去，那些鸡就不分彼此地来竞争啄食。后楼客厅中，间或又来了个全国闻名的女客。为人有道德，能文章，写的作品，温暖美好的文字，装饰的情感，无不可放在第一流作家中间。更难得的是未结婚前，决不在文章中或生活上涉及恋爱问题，结了婚后推己及人，却极乐意在婚姻上成人之美。家中有个极好的柔软床铺，常常借给新婚夫妇使用。虔诚地信仰基督教，生平不说谎，不过在写文章时，间或用用男人名义，男人口气，自然无伤大雅。平时对于中国文学美术并不怎么有兴趣，却乐意请千古艺术家和艺术鉴赏家来作客，同作畅谈，可不知谈些什么。这个知名客人来了又走了，而且走得辉辉煌煌。正当找寻交通工具极端困难，许多人无从上路时，那个柔软宽大床铺也居然为公家的汽车运往新都，另有新的用途去了。二奶奶还给人介绍认识过。这些目前或俗或雅或美或不美的事件，对她可毫无影响。依然每早上打扫打扫院子，推推磨石，扛个小小鸦嘴锄下田，晚饭时便坐在侧屋檐下石臼边，听乡下人说说本地米粮时事新闻。

随后是军队来了，楼下大厅正房做了团长的办公室和寝室，房中装了电话，门前有了卫兵，全房子都被兵士打扫得干干净净。屋前林子里且停了近百辆灰绿色军用机器脚踏车，村子里屋角墙边，到处有装甲炮车搁下。这些部队不久且即开拔进了缅甸，再不久，就有了失利消息传来，且知道那几个高级长官，大都死亡了。住在这个房子里的华侨中学的中学生，因随军入缅，也有好些死亡了。住在楼下某个人家，带了三个孩子返广西，半路上翻车，两个孩子摔死的消息也来了。二奶奶虽照例分享了同住人得到这些不幸消息时一点惊异与惋惜，且为此变化谈起这个那个，提出些近于琐事的回忆，可是还依然在原来平静中送走每一个日子。

艺术家夫妇走后，楼下厅子换了个商人，在滇缅公路上往返发了点小财。每个月得吃几千块钱纸烟的太太，业已生育了四个孩子，到生育第五个时，因失血过多，便在医院死去了。住在隔院一个卸任县长，家中四岁大女孩，又因积食死去。住在外院侧屋一个卖陶器的，不甘寂寞，在公路上行凶抢劫，业已经捉去处决。三份死亡影响到这个大院子：商人想要赶快续婚，带了一群孤雏搬走了。卸任县长事母极孝，恐老太太思念殇女成病，也迁走了。卖陶器的剩下的寡妇幼儿，在一种无从设想的情形下，抛弃了那几担破破烂烂的瓶罐，忽然也离开了。于是房子又换了一批新的寄居者，一个后方勤务部的办事处，和一些家属。过不到一月，办事处即迁走，留下那些家眷不动。几乎像是演戏一样，这些家眷中，就听到了有新做孤儿寡妇的。原来保山局势紧张时，有些守仓库的匆促中毁去汽油不少，一到追究责任时，黠诈的见机逃亡，忠厚的就不免受军事处分。这些孤儿寡妇过不久自然又走了，向不可知一个地方过日子去了。

习音乐的一群女孩子，随同机关迁过四川去了。

后来又迁来一群监修飞机场的工程师，几位太太，一群孩子，一种新的空气亦随之而来。卖陶器的住处换了一家卖糖的，用修飞机场工人做对象，从外县赶来做生意。到由于人类妄想与智慧结合所产生的那些飞机发动机怒吼声，二十三十日夜在这个房子上空响着时，卖糖的却已发了一笔小财，回转家乡买田开杂货铺去了。年前霍乱的流行，一个村子一个村子的乡民，老少死亡相继。山上成熟的桃李，听它在树上地上腐烂，也不许在县中出卖。一个从四川开来的补充团，碰巧恰到这个地方，在极凄惨情形中死去了一大半，多浅葬在公路两旁，翘起的瘦脚露出土外，常常不免将行路人绊倒。一些人的生命，虽若受一种来自时代的大力所转动，无从自主。然而这个院子中，却又迁来一个寄居者，一个从爱情得失中产生灵感的诗人，住在那个善于唱歌吹笛的聪敏女孩子原来所住的小房中，想从窗口间一霎微光，或书本中一点偶然留下的花朵微香，以及一个消失在时间后业已多日的微笑影子，返回过去，稳定目前，创造未来。或在绝对孤寂中，用少量精美文字，来排比个人梦的形式与联想的微妙发展。每到小溪边去散步时，必携同我那五岁大的孩子，用竹箬叶折成小船，装载上一朵野花，一个泛白的螺蚌，一点美丽的希望，并加上出于那个小孩子口中的痴而黠的祝福，计小船顺流而去。虽眼看去不多远，就会被一个树枝绊着，为急流冲翻，或在水流转折所激起的旋涡中消失，诗人却必然眼睛湿蒙蒙的，心中以为这个三寸长的小船，终会有一天流到两千里外那个女孩子身边。而且那些憔悴的花朵，那点诚实的希望，以及出自孩子口中的天真祝福，会为那个女孩子含笑接受。有时正当落日衔山，天上云影红红紫紫如焚如烧，落日一方的群山暗淡成一片墨蓝，东面远处群山，在落照中光影陆离仪态万千时，这个诗人却充满象征意味，独自去屋后经过风化的一个山冈上，眺望天上云彩的变幻，和两面山色的倏忽。或偶然从山凹石罅间有所发现，必扳着那些摇摇欲坠的石块，努力去攀折那个野生带刺花卉，摘回来交给朋友，好像说："你看，我还是把它弄回来了，多险！"情绪中不自觉地充满成功的满足。诗人所住的小房间，既是那个善于吹笛唱歌女孩子住过的，到一切象征意味的爱情依然填不满生命的空虚，也耗不尽受抑制的充沛热情时，因之抱一宏愿将用个三十万言小说，来表现自己，扩大自己。两年来，这个作品居然完成了大部分。有人问及作品如何发表时，诗人便带着不自然的微笑，十分郑重地说："这不忙发表，需要她先看过，许可发表时再想办法。"决不想到这个作品的发表与否，对于那个女孩子是不能成为如何重要问题的。就因他还完全不明白他所爱慕的女孩子，几年来正如何生存在另外一个风雨飘摇事实巨浪中。怨爱交缚之际，生命的新生复消失，人我间情感与负气做成的无可奈何环境，所受的压力更如何沉重。这种种不仅为诗人梦想所不及，她自己也还不及料，一切变故都若完全在一种离奇宿命中，对于她加以种种试验。这个试验到最近，且更加离奇，使之对于生命的存在与发展，幸或不幸，都若不是个人能有所取舍。为希望从这个梦魇似的人生中逃出，得到稍稍休息，过不久或且又会回到这个梦魇初起处的旧居来。然而这方面，人虽若有机会回到这个唱歌吹笛的小楼上来，另一方面，诗人的小小箬叶船儿，却把他的欢欣的梦，和孤独的忧愁，载向想象所及的一方，一直向前，终于消失在过去时间里。淡了，远了，即或可以从星光虹影中回来，也早把方向迷失了。新的现实还可能有多少新的哀乐，当事者或旁观者对之都全无所知。当有人告给二奶奶，说三年前在后楼住的最活泼的一位小姐，要回到这个房子来住住时，二奶奶快乐异常地说："那很好。住久了，和自己家里人一样，大家相安。×小姐人好心好，住在这里我们都欢喜她！"正若一个管理码头的，听说某一只船儿从海外归来神气一样自然，全不曾想到这只美丽小船三年来在海上连天巨浪中挣扎，是种什么经验。为得来这个经验，又如何弄得帆碎橹折，如今的小小休息，还是行将准备向另外一个更不可知的陌生航线驶去！

……日月运行，毫无休息，生命流转，似异实同。唯人生另有其庄严处，即因贤愚不等，取舍异趣，入渊升天，半由习染，半出偶然；所以兰桂未必齐芳，萧艾转易敷荣。动者常动，便若下坡转丸，无从自休。多得多患，多思多虑，有时无从用"劳我以生"自解，便觉"得天独全"可羡。静者常静，虽不为人生琐细所激发，无失亦无得，然而"其生若浮，其死则休"，虽近生命本来，单调又终若不可忍受。因之人生转趋复杂，彼此相慕，彼此相妒，彼此相争，彼此相学，相差相左，随事而生。凡此一切，智者得之，则生知识，仁者得之，则生悲悯，愚而好自用者得之，必又另有所成就。不信宿命的，固可从生命变易可惊异处，增加一分得失哀乐，正若对于明日犹可望凭知识或理性，将这个世界近于传奇部分去掉，人生便日趋于合理。信仰宿命的，又一反此种人能胜天的见解，正若认为"思索"非人性本来，倦人而且恼人，明日事不若付之偶然，生命亦比较从容自在。不信一切唯将生命贴近土地，与自然相邻，亦如自然一部分的，生命单纯庄严处，有时竟不可仿佛。至于相信一切的，到末了却将俨若得到一切，唯必然失去了用为认识一切的那个自己。

三、灰

在一堆具体的事实和无数抽象的法则上，我不免有点茫然自失，有点疲倦，有点不知如何是好。打量重新用我的手和想象，攀缘住一种现象，即或属于过去业已消逝的，属于过去即未真实存在的……必须得到它方能稳定自己。

我似乎适从一个辽远的长途归来，带着一点混合在疲倦中的淡淡悲伤，站在这个绿荫四合的草地上，向淡绿与浓赭相交错而成的原野，原野尽头那个淡黄色村落，伸出手去。

"给我一点点最好的音乐，肖邦或莫札克，只要给我一点点，就已够了。我要休息在这个乐曲做成的情境中，不过一会儿，再让它带回到人间来，到都市或村落，钻入官吏颟顸贪得的灵魂里，中年知识阶层倦于思索怯于怀疑的灵魂里，年轻男女青春热情被腐败势力虚伪观念所阉割后的灵魂里，来寻觅，来探索，来从这个那个剪取可望重新生长的种芽，即或它是有毒的，更能增加组织上的糜烂，可能使一种善良的本性发展有妨碍的，我依然要得到它，设法好好使用它。"

当我发现我所能得到的，只是一种思索继续思索，以及将这个无尽长链环绕自己，束缚自己时，我不能不回到二奶奶给我寄居五年那个家里了。这个房子去我当前所在地，真正的距离，原来还不到两百步远近。

大院中正如五年前第一回看房子光景，晒了一地黑色高粱，二奶奶和另外三个女工，正站成一排，用木连枷击打地面高粱，且从均匀节奏中缓缓地移动脚步，让连枷各处可打到。三个女工都头裹白帕，使我记起五年前那几只从容自在啄食高粱的白母鸡。年轻女工中有一位好像十分面善，可想不起这个乡下妇人会引起我注意的原因，直到听二奶奶叫那女工说："小菊，小菊，你看看饭去。你让沈先生来试试，会不会打。"

我才知道这是小菊。我一面拿起握手处还温暖的连枷，一面想起小菊的问题，竟始终不能合拍，使得二奶奶和女工都笑将起来。真应了先前一时向蚂蚁表示的意见，这个手爪的用处，已离开自然对于五个指头的设计甚远，完全不中用了。可是令我分心的，还是那个身材瘦小说话声哑的农家妇人小菊。原来去年当收成时，小菊正在发疯。她的妈是个寡妇，住在离城十里的一个村子中，小小房子被一把天火烧了。事后除从灰里找出几把烧得失形的农具和镰刀，已一无所有。于是趁收割季带了两个女孩子，到龙街子来找工作。大女孩七岁，小女孩两岁，向二奶奶说好借住在大院子装谷壳的侧屋中，有什么吃什么，无工可做母女就去田里收拾残穗和土豆，一面用它充饥，一面且储蓄起来，预备过冬。小菊是大女儿，已出嫁三年。丈夫出去当兵打仗，三年不来信，那人家想把她再嫁给一个人，收回一笔财礼。小菊并不识字，只因为想起两句故事上的话语，"好马不配双鞍，烈女不嫁二夫"，为这个做人的抽象原则所困住，怕丢脸，不愿意再嫁，待赶回家去和她妈商量，才知道房子已烧去，许久又才找到二奶奶家里来。一看两个妹妹都嚼生高粱当饭吃,帮人无人要,因此就疯了。疯后整天大唱大嚷各处走去,乡下小孩子摘下仙人掌追着她打闹,她倒像十分快乐。过一阵,生命力和积压在心中的委屈耗去了后,人安静了些,晚上就坐在二奶奶大门前,向人说自己的故事。到了夜里才偷悄悄进到二奶奶家装糠壳的屋子里睡睡。这事有一天无意被三房骨都嘴嫂子发现了,就说"唷唷,唷,这还了得!疯子要放火烧房子,什么人敢保险!"半夜里把小菊赶了出去,听她在空地里过夜,并说:"疯子冷冷就会好。"房子既是几房合有的,二奶奶不能自作主张,只好悄悄地送些东西给小菊的妈。过了冬天,这一家人扛了两口袋杂粮,携儿带女走到不知何处去了,大家对于小菊也就渐渐忘记了。

我回到房中时,才知道小菊原来已在一个地方做工,这回是特意来看二奶奶,还带了些栗子送礼。因为母女去年在这里时,我们常送她饭吃,也送我们一些栗子,表示谢意。真应了平常一句俗语:"礼轻仁义重。"

到我家来吃晚饭的一个青年朋友,正和孩子们充满兴趣用小刀小锯做小木车,重新引起我对于自己这双手感到使用方式的怀疑。吃过饭后,朋友说起他的织袜厂最近所遭遇的困难,因原料缺少,无从和出纱方面接头,得不到救济,不能不停工。完全停工会影响到一百三十多个乡下妇女的生计,因此又勉强让部分工作继续下去。照袜厂发展说来,三千块钱做起,四年来已扩大到一百多万。这个小小事业且供给了一百多乡村妇女一种工作机会,每月可得到千元左右收入。照这个朋友计划说来,不仅已让这些乡下女人无用的手变为有用,且希望那个无用的心变为有用,因此一天到处为这个事业奔走,晚上还亲自来教这些女工认字读书。凡所触及的问题,都若无可如何,换取原料既无从直接着手,教育这些乡村女子,想她们慢慢地,在能好好地用她们的手以后还能好好地用她们的心,更将是个如何麻烦无望的课题!然而朋友对于工作的信心和热诚,竟若毫无困难不可克服。而且那种精力饱满对事乐观的态度,使我隐约看出另一代的希望,将可望如何重建起来,一颗素朴简单的心,如二奶奶本来所具有的;如何加以改造,即可成为一颗同样素朴简单的心,如这个朋友当前所表现的。当这个改造的幻想无章次地从我脑中掠过时,朋友走了,赶回厂中教那些女工夜课去了。

孩子们平时晚间欢喜我说一些荒唐故事,故事中一个年轻正直的好人,如何从星光接来一个火,又如何被另外一种不义的贪欲所做成的风吹熄,使得这个正直的人想把正直的心送给他的爱人时,竟迷路失足跌到脏水池淹死。这类故事就常常把孩子们光光的眼睛挤出同情的热泪。今夜里却把那年轻朋友和他们共做成的木车子,玩得非常专心,既不想听故事,也不愿上床睡觉。我不仅发现了孩子们的将来，也仿佛看出了这个国家的将来。传奇故事在年轻生命中已行将失去意义，代替而来的必然是完全实际的事业，这种实际不仅能缚住他们的幻想，还可能引起他们分外的神往倾心！

大院子里连枷声，还在继续拍打地面。月光薄薄的，淡云微月中一切犹如江南四月光景。我离开了家中人，出了大门，走向白天到的那个地方去找寻一样东西。我想明白那个蚂蚁是否还在草间奔走。我当真那么想，因为只要在草地上有一只蚂蚁被我发现，就会从这个小小生物活动上，追究起另外一个题目。不仅蚂蚁不曾发现，即白日里那片奇异绿色，在美丽而温柔的月光下也完全失去了。目光所及到处是一片珠母色银灰。这个灰色且把远近土地的界限，和草木色泽的等级，全失去了意义。只从远处闪烁摇曳微光中，知道那个处所有村落，有人。站了一会儿，我不免恐怖起来，因为这个灰色正像一个人生命的形式。一个人使用他的手有所写作时，从文字中所表现的形式。"这个人是谁？是死去的还是生存的？是你还是我？"从远处缓慢舂米声中，听出相似口气的质问。我应当试作回答，可不知如何回答，因之一直向家中逃去。

二奶奶见个黑影子猛然窜进大门时，停下了她的工作。

"疯子，可是你？"

我说：“是我！”

二奶奶笑了：“沈先生，是你！我还以为你是小菊，正经事不做，来吓人。”

从二奶奶话语中，我好像方重新发现那个在绿色黑色和灰色中失去了的我。

上楼见主妇时，问我到什么地方去了那么久。

"你是讲刚才，还是说从白天起始？我从外边回来，二奶奶以为我是疯子小菊，说我一天正经事不做，只吓人。知道是我，她笑了，大家都笑了。她倒并没有说错。你看，我一天做了些什么正经事，和小菊有什么不同。不过我从不吓人，只欢喜吓吓我自己罢了。"

主妇完全不明白我说的意义，只是莞尔而笑。然而这个笑又像平时，是了解与宽容、亲切和同情的象征，这时对我却成为一种排斥的力量，陷我到完全孤立无助情境中。在我面前的是一颗稀有素朴善良的心。十年来从我性情上的必然，所加于她的各种挫折，任何情形下，还都不曾将她那个出自内心代表真诚的微笑夺去。生命的健全与完整，不仅表现于对人性情对事责任感上，且同时表现于体力精力饱满与兴趣活泼上。岁月加于她的限制，竟若毫无作用。家事孩子们的麻烦，反而更激起她的温柔母性的扩大。温习到她这些得天独厚长处时，我竟真像是有点不平，所以又说:"我需要一点音乐,来洗洗我这个脑子,也休息休息它。普通人用脚走路,我用的是脑子。我觉得很累。音乐不仅能恢复我的精力,还可以缚住我的幻想,比家庭中的你和孩子重要!"这还是我今天第一回真正把音乐对于我的意义说出口,末后一句话且故意加重一些语气。

主妇依然微笑,意思正像说:"这个怎么能激起我的妒忌?别人用美丽辞藻征服读者和听众,你照例先用这个征服自己,为想象弄得自己十分软弱,或过分倔强。全不必要!你比两个孩子的心实在还幼稚,因为你说出了从星光中取火的故事,便自己去试验它。说不定还自觉如故事中人一样,在得到了火以后,又陷溺到另一个想象的泥泞中,无从挣扎,终于死了。在习惯方式中吓你自己,为故事中悲剧而感动万分!不仅扮作想象中的君子,还扮作想象成的恶棍。结果什么都不成,当然会觉得很累!这种观念飞跃纵不是天生的毛病,从整个发展看也几乎近于天生的。弱点同时也就是长处。这时节你觉得吓怕,更多时候很显然你是少不了它的!"

我如一个离奇星云被一个新数学家从什么第几度空间公式所捉住一样,简直完全输给主妇了。

从她的微笑中,从当前孩子们浓厚游戏心情所做成的家庭温暖空气中,我于是逐渐由一组抽象观念变成一个具体的人。"音乐对于我的效果，或者正是不让我的心在生活上凝固，却容许在一组声音上，保留我被捉住以前的自由！"我不敢继续想下去。因为我想象已近乎一个疯子所有。我也笑了。两种笑融解于灯光下时，我的梦已醒了。我做了个新黄粱梦。

一九四三年十二月十日重写

白　魇

　　为了工作，我需要清静与单独，因此长住在乡下，不知不觉就过了五年。

　　乡下居住一久，和社会场面似都隔绝了，一家人便在极端简单生活中，送走连续而来的每个日子。简单生活中可似乎还另外有种并不十分简单的人事关系存在，即从一切书本中，接近两千年来人类为求发展争生存种种哀乐得失。他们的理想与愿望，如何受事情束缚挫折，再从束缚挫折中突出转而成为有生命的文字，这个艰苦困难过程，也仿佛可以接触。其次就是从通信上，还可和另外环境背景中的熟人谈谈过去，和陌生朋友谈谈未来。当前的生活，一与过去未来连接时，生命便若重新获得一种意义。再其次即从少数过往客人中，见出这些本性善良欲望贴近地面可爱人物的灵魂，被生活压力所及，影响到义利取舍时是个什么样子，同样对于人性若有会于心。

　　这时节，我面前桌子上正放了一堆待复的信件，和几包刚从邮局取回的书籍。信件中提到的，总不外战争带来的亲友死亡消息，或初入社会年轻朋友与现实生活迎面时，对于社会所感到的灰心绝望，以及人近中年，从诚实工作上接受寂寞报酬，一面忍受这种寂寞，一面总不免有点郁郁不平。从这种通信上，我俨然便看到当前社会一个断面，明白这个民族在如何痛苦中，接受时代所加于他们身上的严酷试验，社会动力既决定于情感与意志，新的信仰且如何在逐渐生长中。倒下去的生命已无可补救，我得从复信中给活下的他们一点点光明希望，也从复信中认识认识自己。

二十六岁的小表弟黄育照，任新六军一八九师通信连连长，在华容为掩护部属抢渡，救了他人救不了自己，阵亡了。同时阵亡的还有个表弟聂清，为写文章讨经验，随同部队转战各处已六年。还有个作军需的子昭，在嘉善作战不死却在这一次牺牲。这种牺牲其实还包含有一个小小山城五千孤儿寡妇的饮泣，一朝上每家门前多一小小白木牌子。然而这是战争！

"……人既死了，为做人责任和理想而死，活下的徒然悲痛，实在无多意义。既然是战争，就不免有死亡！死去的万千年轻人，谁不对国家前途或个人事业，有种光明希望和美丽的梦？可是在接受分定上，希望和梦总不可能不在同样情况中破灭。或死于敌人无情炮火，或死于国家组织上的脆弱，二而一，同样完事。这个国家，因为前一辈的不振作，自私而贪得，愚昧而残忍，使我们这一代为历史担负那么一个沉重担子，活时如此卑屈而痛苦，死时如此糊涂而悲惨。更年轻一辈，可有权利向我们要求，活得应当像个人样子！我们努力来让他们活得比较公正合理些，幸福尊贵些，不是不可能的！"

一个朋友离开了学校将近五年，想重新回学校来，被传说中的昆明生活愣住了。因此回信告他一点情况。

"……这是一个古怪地方，天时地利人和条件具备，然而乡村本来的素朴单纯，与城市习气做成的贪污复杂，却产生一个强烈鲜明对照，使人痛苦。湖山如此美丽，人事上却常贫富悬殊到不可想象程度。小小山城中，到处是钞票在膨胀，在活动，大多数人的做人兴趣，即维持在这个钞票数量争夺过程中。钞票越来越多，因之一切责任上的尊严，与做人良心的标尺，都若被压扁扭曲，慢慢失去应有的完整。正当公务员过日子都不大容易对付，普通绅商宴客，却时常有熊掌、鱼翅、鹿筋、象鼻子点缀席面。奇特现象中最不可解处，即社会习气且培养到这个民族堕落现象的扩大。大家都好像明白战时战后决定这个民族百年荣枯命运的，主要的还是学识，教育部照例将会考优秀学生保送来这里升学。有钱人子弟想入这个学校肄业，恐考试不中，且有乐意出几万元代价找替考人。可是公私各方面，就似乎从不曾想到这些教书十年二十年的书呆子，过的是种什么紧张日子。雨季中许多人家半浸在水里，也似乎是应分的。本地小学教员照米价折算工薪，水涨船高。大学校长收入在四千左右，大学教授收入在三千法币上盘旋，完全近于玩戏法的，要一条大蛇从一根细小绳子上爬过。这是当前有理性的知识分子活在无能力的统治机构下必然的悲处，战争如果是个广义形容词，大多数同事，就可说是在和这种风气习惯而战争！情形虽已够艰苦，实际并不气馁！日光多，自由多，在日光之下能自由思索，培养对于当前社会制度怀疑和否定的种子，这是支持我们情绪唯一的撑柱，也是重造这个民族品德的一点转机！"

这种信照例写不完，乡下虽清静却无从长远清静，客人来了，主妇温和诚朴的微笑，在任何情形中从未失去。微笑中不仅表示对于生活的乐观，且可给客人发现一种纯挚同情，对人对事无邪机心的同情。使得间或从家庭中小小拌嘴过来的女客人，更容易当成一个知己，以倾吐心腹为快。这一来，我的工作自然停顿了。

凑巧来的是胖胖的何太太，善于用演戏时兴奋情感说话，叙述琐事能委曲尽致，表现自己有时又若故意居于不利地位，增加一点比本人年岁略小二十岁的爱娇。女孩儿家喉咙响，声音分外大，一上楼时就嚷："从文先生，我又来了。一来总见你坐在桌子边，工作好忙！我们谈话一定吵闹了你，是不是？我坐坐就走！真不好意思，一来就妨碍你。你可想要出去做文章？太阳好，晒晒太阳也有好处。有人说，晒晒太阳灵感会来，让我晒太阳，就只会出油出汗！我又加重了十一磅！你试说咋个了？"

我不免稍微有点受窘，忙用笑话自救："若是找灵感，依我想，最好倒是听你们谈谈天，一定有许多动人故事可听！"

"从文先生，你说笑话。你在文章中可别骂我，千万别把我写到你那大作中！他们说我是座活动广播电台，长短波都有，性能灵敏，修理简单，材质结实，这是仿单上的说明。其实——唉，我不过是……"

我赶忙补充："一个心直口快的好人罢了。你若不疑心我是骂人，我常觉得你实在有天才，真正的天才，观察事情极仔细，描画人物兴趣又特别好。"

"这不是骂我是什么！"

我心想，不成不成，这不是议会和讲堂，绝非口舌奋斗可以找出结论。因此忽略了一个做主人的应有礼貌，在主妇微笑示意中，离开了家，离开了客人，来到半月前发现"绿魇"的枯草地上了。

我重新得到了清静与单独。

我面前是个小小四方朱红茶几，茶几上有个好像必须写点什么的本子。强烈阳光照在我身上和手上，照在草地上和那个小小的本子上。阳光下空气十分暖和，间或吹来一阵微风，空气中便可感觉到一点从滇池送来冰凉的水汽和一点枯草香气。四周景象和半月前已大不相同：小坡上那一片发黑垂头的高粱，大约早带到人家屋檐下，象征财富之一部分去了。待翻耕的土地上，有几只呆呆的戴胜鸟已失去春天的活泼，正在寻觅虫蚁吃食。那个石榴树园，小小蜡黄色透明叶片，早已完全落尽，只剩下一簇簇银白色带刺细枝，点缀在长满萝卜秧子一片新绿中。河堤前那个连接滇池的大田原，极目绿芜照眼，再分辨不出被犁头划过的纵横赭色条纹。河堤上那些成行列的松柏，也若在三五回严霜中，失去了固有的俊美，见出一点萧瑟。在暖和明朗阳光下结队旋飞的蜉蝣，更早已不知死到何处去了。

我于是从面前这一片枯草地上试来仔细搜寻，看看是不是还可发现那些绿色斑驳金光灿烂的小小甲虫，依然能在阳光下保留本来的从容闲适，带着自得其乐的轻快神情，于草梗间无目的地漫游，并充满游戏心情，从弯垂草梗尖端突然下堕？结果完全失望。一片泛白的枯草间，即那个半月前爬上我手背若有所询问的黑蚂蚁，也不知归宿到何处去了。

阳光依旧如一只温暖的大手，从亿千万里外向一切生命伸来，除却我和面前的土地接受这种同情时还感到一点反应，其余生命都若在"大块息我以死"态度中，各在人类思索边际以外结束休息了。枯草间有着放光细劲枝梗带着长穗的狗尾草类植物，种子散尽后，尚依旧在微风中轻轻摇头，在阳光下表示生命虽已完结，责任犹未完结神气。

天还是那么蓝，深沉而安静，有灰白的云彩从树林尽头慢慢涌起，如有所企图地填去了那个明蓝的苍穹一角。随即又被一种不可知的力量所抑制，在无可奈何情形下，转而成为无目的的驰逐。驰逐复驰逐，终于又重新消失在蓝与灰相融合作成的珠母色天际。

大院子同住的人，只有逃避空袭方来到这个空地上。我要逃避的，却是地面上一种永远带点突如其来的袭击。我虽是个写故事的人，照例不会拒绝一切与人性有关的见闻。可是从性情可爱的客人方面所表现的故事，居多都像太真实了一点，待要把它写到纸上时，反而近于虚幻想象了。

另一时，正当我们和朋友商量一个严重问题时，一位爱美而热忱，长于用本人生活抒情的×太太，突然侵入我的记忆中。

"××先生（向一位陌生客人说），你多大年纪了，怎么总不见老？我从四川回来，人都说我老了，不像从前那么一切合标准了（抚抚丰腴的脸颊）。我真老了。我要和我老周离婚，让他去和年轻的女人恋爱，我不管。我喝咖啡多了睡不好觉，会失眠（用银匙子搅和咖啡）。这墙上的字真好，写得多软和，真是龙飞凤舞（用手胡乱画那些不大容易认识的草字）。人老了真无意思。我要走了。明早又还得进城……真气人。"×太太话一说完，当真气走了。只留下一场飓风已过的气氛在一群朋友间，虽并不见毁屋拔木，可把人弄得糊糊涂涂。这种人为的飓风去后许久，主客之间还不免带剩余惊悸，都猜想：也许明天当真会有什么重大变故要发生了，离婚，服毒……结果还亏主妇用微笑打破了这种沉闷。

"×太太为人心直口快，有什么说什么。只因为太爱好，凡事不能尽如人意，琐屑家务更多烦心，所以总欢喜向朋友说到家庭问题。其实刚才说起的事，不仅你们不明白，过会儿她自己也就忘记了。我猜想，明天进城一定是去吃酒，不是离婚的！"大家才觉得这事原可以笑笑，把空气改变过来。

温习到这个骤然而来的可爱风暴时，我的心便若已失去了原有的谧静。

我因此想起了许多事情，如彼或如此，都若在人生中十分真实，且各有它存在的道理，巴尔扎克或契诃夫，笔下都不会轻轻放过。可是这些事在我脑子中，却只做成一种混乱印象，像是用一份失去了时效的颜色，胡乱涂成的漫画，这漫画尽管异常逼真，但实在不大美观。这是个什么？我们做人的兴趣或理想，难道都必然得奠基于这种人事猥琐粗俗现象上，且分享活在这种事实中的小小人物悲欢得失，方能称为活人？一面想起这个眼前身边无剪裁的人生，一面想起另外一些人所抱的崇高理想，以及理想在事实中遭遇的限制、挫折、毁灭，不免痛苦起来。我还得逃避，逃避到一种音乐中，方可突出这个无章次人事印象的困惑。

我耳边有发动机在空中搏击空气的声响。这不是一种简单音乐。单纯调子中，实包含有千年来诗人的热情幻想，与现代技术的准确冷静，再加上战争残忍情感相糅合的复杂矛盾。这点诗人美丽的情绪，与一堆数学上的公式，三五十种新的合金以及一点儿现代战争所争持的民族尊严感，方共同做成这个现象。这个古怪拼合物，目前原在一万公尺以上高空中自由活动，寻觅另外一处飞来的同样古怪拼合物，一到发现时，三分钟内的接触，其中之一就必然变成一团火焰向下飘堕。这世界各处美丽天空下，每一分钟内就差不多都有那种火焰一朵朵往下堕。我就还有好些小朋友，在那个高空中，预备使敌人从火焰中下堕，或自己挟带着火焰下坠。

当高空飞机发现敌机以前，我因为这个发现，我的心，便好像被一粒子弹击中，从虚空倏然堕下，重新陷溺到更复杂人事景象中，完全失去方向了。

忽然耳边发动机声音重浊起来，抬起头时，便可从明亮蓝空间，看见一个银白放光点子慢慢地变成了个小小银白十字架。再过不久,我坐的地方,面前朱红茶几,茶几上那个用来写点什么的小本子,有一片飞机翅膀做成的阴影掠过,阳光消失了。面前那个种有油菜的田圃,也暂时失去了原有的嫩绿。待阳光重新照临到纸上时,在那上面我写了两个字,"白魇"。

一九四四年写于昆明

黑 魇

昆明市空袭威胁，因同盟国飞机数量逐渐增多后，空战由防御转为进攻，城中空袭俨然成为过去一种噩梦，大家已不甚在意。两年前被炸被焚的瓦砾堆上，大多数有壮大美观的建筑矗起。疏散乡下的市民，于是陆续离开了静寂的乡村，重新变作城里人。当进城风气影响到我住的滇池边那个小乡村时，家中会诅咒猫儿打喷嚏的张嫂，正受了梁山伯恋爱故事刺激，情绪不大稳定，就借故说："太太，大家都搬进城里住去了，我们怎么不搬？城里电灯方便，自来水方便，先生上课方便，小弟读书方便，还有你，太太，要教书更方便！我看你一天来回五龙埠跑十几里路，心都疼了。"

主妇不作声，只笑笑。这种建议自然不会成为事实，因为我们实在还无做城里人资格。真正需要方便的是张嫂。

过了两个月，张嫂变更了个谈话方式。

"太太，我想进城去看看我大姑妈，一个全头全尾的好人，心真好！总不说谎，除非万不得已，不赌咒！

"五年不见面，托人带了信来，想得我害病！我陪她去住住，两个月就回来。我舍不得太太和小弟，一定会回来的！你借我一个月薪水，我发誓……小弟真好！"

平时既只对于梁山伯婚事关心，从不提起过这位大姑妈。不过叙述到另外一个女用人进城后，如何嫁了个穿黑洋服的"上海人"，直充满羡慕神气。我们如看什么象征派新诗一样，有了个长长的注解，好坏虽不大懂，内容已全然明白。昆明穿洋服的文明人可真多，我们不好意思不让她试试机会，自然一切同意。于是不多久，张嫂就换上那件灰线呢短袖旗袍，半高跟旧皮鞋，戴上那个生锈的洋金手表，脸上敷了好些白粉，打扮得香喷喷的，兴奋而快乐，骑马进城看她的抽象姑妈去了。

我仍然在乡下不动。若房东好意无变化，即住到战争结束亦未可知。温和阳光与清爽空气，对于孩子们健康既有好处，寄居了将近×年，两个相连接的雕花绘彩大院落，院落中的人事新陈代谢，也使我觉得在乡村中住下来，比城市还有意义。户外看长脚蜘蛛在仙人掌间往来结网，捕捉蝇蛾，辛苦经营，不惮烦劳，还装饰那个彩色斑驳的身体，吸引异性，可见出简单生命求生的庄严与巧慧。回到住处时，看看几个乡下妇人，在石臼边为唱本故事上的姻缘不偶，从眼眶中浸出诚实热泪，又如何用发誓诅愿方式，解脱自己小小过失，并随时说点谎话，增加他人对于一己信托与尊重，更可悟出人类生命取予形式的多方。我事实上也在学习一切，不过和别人所学的大不相同罢了。

在腹大头小的一群官商合作争夺钞票局面中，物价既越来越高，学校一点收入，照例不敷日用。我还不大考虑到"兼职兼差"问题，主妇也不会和乡下人打交道作"聚草屯粮"计划。为节约计，用人走后大小杂务都自己动手。磨刀扛物是我二十年老本行，做来自然方便容易。烧饭洗衣就归主妇，这类工作通常还与校课衔接。遇挑水拾树叶，即动员全家人丁，九岁大的龙龙，六岁大的虎虎，一律参加。来去传递，竞争奔赴，一面工作一面也就训练孩子，使他们从合作服务中得到劳动愉快和做人尊严。干的湿的有什么吃什么，没有时苞谷红薯也当饭吃，有时尽量，有时又听小的饱吃，大人稍稍节制。孩子们欢笑歌呼，于家庭中带来无限生机与活力。主妇的身心既健康而素朴，接受生活应付生活俱见出无比的勇气和耐心，尤其是共同对于生命有个新的态度，日子过下去虽困难，即便过三五年似乎也担当得住。一般人要生活，从普通比较见优劣，或多有件新衣和双鞋子，照例即可感到幸福。日子稍微窘迫，或发现有些方面不如人，没法从社交方式弥补，依然还不大济事时，因之许多高尚脑子，到某一时自不免又会悄悄地做些不大高尚的打算。许多人的聪明智巧，倒常常表现成为可笑行为。环境中的种种见闻，恰作成我们另外一种教育，既不重视也并不轻视。正好让我们明白，同样是人生，可相当复杂，具体的猥琐与抽象的庄严，它的分歧虽极明显，实同源于求生，各自想从生活中证实存在意义。生命受物欲控制，或随理想发展，只因取舍有异，结果自不相同。

我凑巧拣了那么一个古怪职业，照近二十年社会习惯称为"作家"。工作对社会国家也若有些微作用，社会国家对本人可并无多大作用。虽早已名为"职业"，然无从靠它"生活"。情形最古怪处，便是这个工作虽不与生活发生关系，却缚住了我的生命，且将终其一生，无从改弦易辙。另一方面必然迫得我超越通常个人爱憎，充满兴趣鼓足勇气去明白"人"，理解"事"，分析人事中那个常与变，偶然与凑巧，相左或相仇，将种种情形所产生的哀乐得失式样，用它来教育我、折磨我、营养我，方能继续工作。

千载前的高士，常抱着个单纯信念，因天下事不屑为而避世，或弹琴赋诗，或披裘负薪，隐居山林，自得其乐。虽说不以得失荣利婴心[①]，却依然保留一种愿望，即天下有道，由高士转而为朝士的愿望。做当前的候补高士，可完全活在一个不同心情状态中。生活简单而平凡，在家事中尽手足勤劳之力打点小杂，义

---

① 婴心：关心；挂心。

务尽过后，就带了些纸和书籍，到有和风与阳光草地上，来温习温习人事，并思索思索人生。先从天光云影草木荣枯中，有所会心。随即由大好河山的丰腴与美好，和人事上的无章次处两相对照，慢慢地从这个不剪裁的人生中，发现了"堕落"二字真正的意义。又慢慢地从一切书本上，看出那个堕落因子，又慢慢从各阶层间，看出那个堕落传染浸润现象。尤其是读书人倦于思索，怯于怀疑，苟安于现状的种种，加上一点为贤内助谋出路的打算，如何即对武力和权势形成一种阿谀不自重风气。这种失去自己可能为民族带来一种什么形式的奴役，仿佛十分清楚。我于是渐渐失去原来与自然对面时应得的谧静。我想呼喊，可不知向谁呼喊。

"这不成！这不成！人虽是个动物，希望活得幸福，但是人究竟和别的动物不同，还需要活得尊贵！如果当前少数人的幸福，原来完全奠基于一种不义的习惯，这个习惯的继续，不仅使多数人活得卑屈而痛苦，死得糊涂而悲惨，还有更可怕的，是这个现实将使下一代堕落的更加堕落，困难的越发困难，我们怎么办？如果真正的多数幸福，实决定于一个民族劳动与知识的结合，就应当从极合理方式中将它的成果重做分配。在这个情形下，民族中一切优秀分子，方可得到更多自由发展的机会。在争取这个幸福过程时，我们希望人先要活得贵尊些！我们当前便需要一种'清洁运动',必将现在政治的特殊包庇性,和现代文化的驵侩[①]气,以及三五无出息的知识分子所提倡的变相鬼神迷信,于年轻生命中所形成的势利、依赖、狡猾、自私诸倾向,完全洗刷干净,恢复了二十岁左右头脑应有的纯正与清明,认识出这个世界,并在人类驾驭钢铁征服自然才智竞争中,接受这个民族一种新的命运。我们得一切重新起始,重新想,重新做,重新爱和恨,重新信仰和怀疑。……"

我似乎为自己所提出的荒谬问题愣住了。试左右回顾,身边只有一片明朗阳光,飘浮于泛白枯草上。更远一点,在阳光下各种层次的绿色,正若向我包围越来越近。虽然一切生命无不取给于绿色,这里却不见一个人。一个有勇气将社会人生如一副牌摊散在面前,一一重新捡起试来排列一下的人。

到我重新来检讨影响到这个民族正常发展的一切抽象原则,以及目前还在运用它做工具的思想家或统治者,被它所囚缚的知识分子和普通群众时,顷刻间便俨若陷溺到一个无边无际的海洋里,把方向完全迷失了。只到处看出用各式各样材料做成满载"理想"的船舶,数千年来永远于同一方式中,被一种卑鄙自私形成的力量所摧毁,剩下些破帆碎桨在海面漂浮。到处见出同样

[①] 驵侩:市侩。

取生命于阳光，繁殖大海洋中的简单绿色荇藻，正唯其异常单纯，随浪起伏动荡，适应现实，便得到生命悦乐。还有那个寄生息于荇藻中的小鱼小虾，亦无不成群结伴，悠然自得，各适其性。海洋较深处，便有一群群种类不同的鲨鱼，皮韧而滑，能顺波浪，狡狠敏捷，锐齿如锯，于同类异类中有所争逐，十分猛烈。还有一只只黑色鲸鱼，张大嘴时万千细小蛤蚧和乌贼海星，即随同巨口张合做成的潮流，消失于那个深渊无底洞口。庞大如山的鱼身，转折之际本来已极感困难，躯体各部门，尚可看见万千有吸盘的大小鱼类，用它们吸盘紧紧贴住，随同升沉于洪波巨浪中。这一切生物在海面所产生的旋涡与波涛，加上世界上另外一隅寒流暖流所做成变化，卷没了我的小小身子，复把我从白浪顶上抛起。试伸手有所攀缘时，方明白那些破碎板片，正如同经典中的抽象原则，已腐朽到全不适用。但见远处仿佛有十来个衣冠人物，正在那里收拾海面残余，扎成一个简陋筏子。仔细看看，原来载的是一群两千年未坑尽的腐儒[①]，只因为活得寂寞无聊，所以用儒家名分，附会谶纬星象征兆，预备做一个遥远跋涉，去找寻矿产熔铸九鼎。内中似乎还有不少十分面善的熟人。这个筏子向我慢慢漂来，又慢慢远去，终于消失到烟波浩渺中不

---

① 腐儒：迂腐的儒生，只知读书，不通世事。

见了。

试由海面向上望，忽然发现蓝穹中一把细碎星子，闪烁着细碎光明。从冷静星光中，我看出一种永恒，一点力量，一点意志。诗人或哲人为这个启示，反映于纯洁心灵中即成为一切崇高理想。过去诗人受牵引迷惑，对远景凝眸过久，失去条理如何即成为疯狂，得到平衡如何即成为法则；简单法则与多数人心会合时如何产生宗教，由迷惑、疯狂，到个人平衡过程中，又如何产生艺术。一切真实伟大艺术，都无不可见出这个发展过程和终结目的。然而这目的，说起来，和随地可见蚊蚋集团的翁翁营营要求的终点，距离未免相去太远了。

微风掠过面前的绿原，似乎有一阵新的波浪从我身边推过。我攀住了一样东西，于是浮起来。我攀住的是这个民族在忧患中受试验时一切活人素朴的心；年轻男女入社会以前对于人生的坦白与热诚，未恋爱以前对于爱情的腼腆与纯粹，还有那个在城市，在乡村，在一切边陬僻壤，埋没无闻卑贱简单工作中，低下头来的正直公民，小学教师或农民，从习惯中受侮辱，受挫折，受牺牲的广泛沉默。沉默中所保有的民族善良品性，如何适宜培养爱和恨的种子。

强烈照眼阳光下，蚕豆小麦做成的新绿，已掩盖了远近赭色田亩。面对这个广大的绿原，一端衔接于泛银光的滇池，一端却逐渐消失于蓝与灰融合而成的珠母色天际,我仿佛看到一些种子,从我手中撒去,用另外一种方式,在另外一时同样一片蓝天下形成的繁荣。

有个脆弱而充满快乐情感的声音,在高大仙人掌丛后锐声呼唤:"爸爸,爸爸,快回来,不要走得太远,大家提水去!"我知道,我的心确实走得太远,应当回家了。我似乎也快迷路了。

原来那个六岁大的虎虎,已从学校归来,准备为家事服务了。

孩子们取水的溪沟边,另外一时,每当烧晚饭前后,必有个善于弹琴唱歌聪明活泼的女子,带了他到那个松柏成行的长堤上去散步,看滇池上空一带如焚如烧的晚云,和镶嵌于明净天空中梳子形淡白新月,共同笑乐。这个亲戚走后,过不久又来了一个生活孤独性情纯厚的诗人朋友,依然每天带了他到那里去散步。脚印践踏脚印,取同一方向来回。朋友为娱乐自己并娱乐孩子,常把绿竹叶片折成的小船,装上一点红白野化,一点玛瑙石子,以及一点单纯忧郁隐晦的希望,和孩子对于这个行为的痴愿与祝福,乘流而去。小船去不多远,必为溪中洑流或岸旁下垂树枝做成的旋涡搅翻。在诗人和孩子心中,却同样以为终有一天会直达彼岸。生命愿望凡从星光虹影中取决方向的,正若随同一去不复返的时间,渐去渐远,纵想从星光虹影中寻觅归路,已不可能。

在另一方面，朋友走了，有所寻觅的远远走去，可是过不久，孩子们或许又可以和那个远行归来的姨姨，共同到溪边提水了。玩味及这种人事，倏忽相差相左无可奈何光景时，不由得人不轻轻地叹一口气。

晚饭时，从主妇口中才知道家中半天内已来过好些客人。甲先生叙述一阵贤明太太们用变相高利贷"投资"的故事，尽了广播义务，就走了。乙太太叙述一阵家庭小纠纷问题，为自己丈夫作个不美观画相也走了。丙小姐和丁博士又报告……

主妇笑着说："他们让我知道许多事情，可无一个人知道我们今天卖了一升麦子一家四人才能过年。"

我说："我们就活到那么一个世界中，也是教育，也是战争！"

"我倒觉得人各有好处，从性情上看来，这些朋友都各有各的好处。……"

"这话从你口中说出时，很可以增加他们一点自尊心，若果从我笔下写出，可就会以为是讽刺了。许多人平常过日子的方法，一生的打算，以至于从自己口中说出的话语，都若十分自然，毫不以为不美不合适。且会觉得在你面前如此表现，还可见出友谊的信托和那点本性上的坦白天真。可是一到由另一个人照实写下来，就不可免成为不美观的讽刺画了。我容易得罪人在此。这也就是我这支笔常常避开当前社会，去写传奇故事原因。一切场面上的庄严，从深处看将隐饰部分略做对照，必然都成为漫画。我并不乐意做个漫画家！实在说来，对于一切人的行为和动机，我比你更多同情。我从不想到过用某一种道德标准去度量一般人，因为我明白人太不相同。不幸的是它和我的工作关系又太密切，所以间或提及这个差别时，终不免有点痛苦，企图中和这点痛苦，反而因之会使这些可爱灵魂痛苦。我总以为做人和写文章一样，包含不断的修正，可以从学习得到进步。尤其是读书人，从一切好书取法，慢慢地会转好。事实上可不大容易。真如×说的'蝗虫集团从海外飞来，还是蝗虫'。如果是虎豹呢，即或只剩一牙一爪，也可见出这种山中猛兽的特有精力和雄强气魄！不幸的是现代文化便培养了许多蝗虫。在都市高级知识分子中，特别容易发现蝗虫，贪得而自私，有个华美外表，比蝗虫更多一种自足的高贵。"

主妇一遇到涉及人的问题时，照例只是微笑。从微笑中依稀可见出"察渊鱼者不祥"一句格言的反光，或如另一时论起的，"我即觉得他人和我理想不同，从不说；你一说，就糟了。在自以为深刻的，可不想在人家容易认为苛刻，为的是人总是人，是异于兽和神之间的东西，他们从我沉默中，比由你文章中可以领会更多的同情。每个人既都有不同的弱点，同情却覆盖了那个不愉快！"

　　我想起先前一时在田野中感觉到的广泛沉默，因此又说："沉默也是一种难得品德，从许多方面可以看得出来。因为它在同情之外，还包含容忍、保留否定。可是这种品德是无望于某些人的。说真话，从有些人不能沉默的表现上，我倒时常可以发现一种爱娇，即稍微混合一点儿做作亦无关系。因为大都本源于求好，求好心太切，又缺少自信自知，有时就不免适得其反。许多人在求好行为上摔跤，你亲眼看到，不作声，就称为忠厚；我看到，充满善意想用手扶一扶，反而不成！虎虎摔跤也不欢喜人扶的！因为这伤害了他的做人自尊心。"

　　主妇说："你知道那么多，这不难得到的品德自己却得不到。你即不扶也成，可是事实上你有时却说我恐怕伤你自尊心，虽然你并不十分自尊，人家怎么不难受！"孩子们见提到本质问题，龙龙插嘴说："妈妈，奇怪，我昨天做了个梦，梦到张嫂已和一个人结婚，还请我们吃酒。新郎好像是个洋人。她是不是和×伯母一样，都欢喜洋人？"

　　小虎虎说："可是洋人说她身体长得好看，用尺量过？洋人要哄张嫂，一定也去做官。×伯母答应借巴老伯大床结婚，借不借给张嫂？"

　　龙龙的好奇心转到报纸上："报上说大嘴笑匠到昆明来了，

是个什么人？是不是在联大演讲逗人发笑的林语堂？"

虎虎还想有所自见："我也做了个梦，梦见四姨坐只大船从溪里回来，划船的是个顶熟的人。船比小河大。诗人舅舅在堤上，拍拍手，口说好好，就走开了。我正在提水，水桶上那个米老鼠也看见。当真的。"

虎虎的作风是打趣争强，使龙龙急了起来："唉咦，小弟，你又乱说。你就只会捣乱，青天白日也睁了双大眼睛做梦，不分真假自己相信！"

"一切愿望都神圣庄严，一切梦想都可能会实现。"我想起许多事情。好像前面有一副涂满各种彩色的七巧板，排定了个式子，方的叫什么，长的象征什么，都已十分熟悉。忽然被孩子们四只小手一搅，所有板片虽照样存在，部位秩序可给这种恶作剧完全给弄乱了。原来情形只有板片自己知道，可是板片却无从说明。

小虎虎果然正睁起一双大眼睛，向虚空看得很远，海上复杂和星空壮丽，既影响我一生，也会影响他将来命运，为这双美丽眼睛，我不免有点忧愁。因此为他说了个佛经上驹那罗王子的故事。

"……那王子一双极好看的眼睛，瞎了又亮了。就和你眼睛一样，黑亮亮的，看什么都清清楚楚；白天看日头不眨眼，夜间在这种灯光下还看得见屋顶上小疟蚊。为的是做人正直而有信仰，始终相信善。他的爸爸就把那个紫金钵盂，拿到全国各处去。全国各地年轻美丽的女孩子，听说王子瞎了眼睛，为同情他受的委屈，都流了眼泪。接了大半钵这种清洁眼泪，带回来一洗，那双眼睛就依旧亮光光的了！"

主妇笑着不作声，清明目光中仿佛流注一种温柔回答："从前故事上说，王子眼睛被恶人弄瞎后，要用美貌女孩子的纯洁眼泪来洗，才可重见光明。现在的人呢，要从勇敢正直的眼光中得救。"

我因此补充说："小弟，一个人从美丽温柔眼光中，也能得救！譬如说……"

孩子的心被故事完全征服了，张大着眼睛，对他母亲十分温顺地望着："妈妈，你的眼睛也亮得很，比我的还亮！"

一九四三年十二月末一日作于云南呈贡